サイレントエース

湯澤明彦
YUZAWA AKIHIKO

幻冬舎 MC

サイレントエース

この小説を、聴覚に障がいを持たれている私のすべての友人たちに捧げます。

はじめに

ベースボールという競技を生んだ国はアメリカ合衆国である。その祖先ともいえる国がイギリスだ。イギリスは世界的スポーツをいくつも世に送り出してくれた。ゴルフ、サッカー、ラグビー、テニス、今や人々の娯楽として、あるいは意地と意地がぶつかり合う勝負として、多くの人を惹きつけてやまない。そのイギリスの国技とされているのがクリケットだ。ベースボールのようにボールを投げて、打撃を行うのだ。

しかし、歴史深きイギリスは悠久のときを生きてきた。クリケットという競技は1試合をこなすのに数日間もかかるのだという。そしてきわめて点数が入りにくいと聞く。得点を挙げた人物には栄誉の帽子、ハットが与えられる。そう、サッカーのハットトリックの語源である。サッカーはいかなミラクルシュートであっても1点しか入らない。ましてや1試合に3点を挙げた選手は、ファンの称賛をほしいままにする。しかし、ベースボールは筋書きのないドラマである。どれほど追い詰められた敗色濃厚なゲームであっても、1本の満塁ホームランですべてが引っ繰り返る。ノーアウト満塁から登板したクローザーが相手を無失点に抑えれば、劇的な勝利となる。得点を積み重ねていくしかないほかのスポーツと異なり、ベースボールにはときとして奇跡が起こるのだ。それが醍醐味であるともいえる。

あなたが散策好きであったなら、上野恩賜公園を歩いてほしい。そこには今も、ベースボールを野球と名付けたとされる正岡子規の記念野球場がある。そこにある石碑に掘られた彼の俳句はつとに有名だ。

「春風や　まりを投げたき　草の原」

夭折した天才文学者・正岡子規は、多くの野球用語を日本語に翻訳し、我々に奇跡のスポーツを教えてくれた。

僕は小学生から野球をはじめ、大学生まで選手としてかかわってきた。奇跡のスポーツの体験者である。しかし、僕の本当の奇跡は、小学生のときに運命的に出会った、聴覚を一切持たない剛腕投手である。これから、彼と過ごした日々について、懐かしく語りたいと思う。願わくば、最後までお付き合い願いたい。

目次

装画　天野晴香

プロローグ

僕は炎天下のマウンドに立ち続けるその少年を、マスク越しに頼もしく見つめていた。今日、もしこの試合に勝つことが出来たならば神奈川県の名もない県立高校が夏の甲子園に出場するというとんでもないことが起こる。神奈川県は高校野球で全国最大の激戦区といわれている。隣の東京都は東西に分かれ2校が出場することが出来るが、きわめて高校が多い神奈川県では、甲子園の記念大会や春の選抜以外ではただ1校のみが出場を許されている。多くの学生を集めることが出来、練習場や設備がけた違いにそろっている私立高校を下して県立高校が夏の甲子園に出場することなど、常識では考えられない。シード権すらない無名の神奈川県立日吉台高校は、昨年まではスポーツ新聞の記事にすらなったことがない。その日吉台を決勝まで導いたマウンド上の高校2年生、エースで4番の沢村英児《さわむらえいじ》には、ある特徴があった。生まれたときから彼は音を一切聞き取ることが出来なかったのだ。中学校から同級生で同じ日吉台に進んだ17歳の僕には難しいことは分からないが、それは1万人に一人ともいわれる障がいなのだという。彼が中学校でピッチャーとして頭角を現すと、最初それは美談として週刊誌に取り上げられ、僕たちが中学3年になったときには、新聞やテレビ番組の取材依頼が数多く学校に持ち込まれるようになった。しかし、英児はそのすべてを断るよう顧問の先生に頼んでいた。音を知らず、言葉を話すことが出来ない彼は、しかし凛として誇り高い少年でもあった。

「同情なんて、いらない」

僕は出会った当初手話が出来なかったので筆談やパソコン、スマートフォンのメールで英児と会話していたが、彼は障がい者として色眼鏡で見られることを毛嫌いしていたのだ。中学でも県大会で何度もすごいピッチングをした英児だったが、野球の強豪校からのあまたの誘いに目もくれず、一般入試で神奈川県立日吉台高校に入学した。日吉台で1年生になったとき、たった一度だけ地方紙が英児のことを記事にした。その記事を書いた記者の方は中学の頃から僕たちを追っていて、野球に関する様々なアドバイスをくれていたから、英児は記事を書くことを受け入れた。その記事のタイトルが、

『サイレントエース』

だった。その日から、いつしか英児を知る人は皆、彼をサイレントエースと呼ぶようになっていった。

その年の夏の甲子園出場を懸けた神奈川県大会では英児は1回戦からすべての試合に先発し、ほとんどのイニングを投げ抜いた。完封が4試合、うちノーヒットノーランが1試合で、

これまで失点は7試合でわずかに3。エラーがらみの失点さえなければ、もっとすごかっただろう。ノーヒットノーランも、あわや完全試合という内容であった。さらに打者としてもここまで7試合で3本の本塁打を放ち、打率も4割近い数値を叩き出していた。中学からバッテリーを組んできたキャッチャーの僕は今年から彼の後ろを任され、5番キャッチャーとして英児の背中を追いかけて決勝戦までやってきた。本塁打は打てていないが、小柄な体躯ながら湘南の海岸を走り込んで鍛えてきた足腰を活かしたフルスイングで、英児を何度もホームベースへ返してきた。相手校が英児を敬遠、すなわちフォアボールで歩かせることを防ぐためには、僕が打つしかない。今年で卒業する先輩たちは誰一人プロ野球に行くことなどなく、全員が普通の大学に進学し、多くが野球を真剣にプレーするのはこの予選が最後になる。先輩たちに1日でも長く野球をやってもらいたい、そういう気持ちは僕だけでなく英児も持っていた。立派な部室など持っていない県立日吉台高校だったが、監督の国語科教師、元高校球児の小林先生がご自宅2階建の1階部分を部員たちに開放してくれていたので、その1階の居間で毎日のように僕らは話し合っていた。英児は本気で甲子園に行くつもりだった。これまでの試合、サインは全部僕が出していた。英児は1回も首を横に振らなかった。さすがに高校2年生になった今は僕も手話が出来るようになっていたが、マウンド上で「打ち合わせ」をするときに手話など使うことは出来ない。分かる人には全部分かってしまうからだった。マウンドに行ったときに僕がしたことは、英児の左手に指で文字を書くか、普段から決めているあるサインを出すことくらいだった。肩を3回叩いたらカーブのサインを変える、お尻をポンと叩いたらそれ以降は変化球主体のピッチングに変えよう、そういう合図を決めていたのだ。時速150キロをはるかに超える速球が最大の武器である英児だったが、変化球もまた鋭いボールをいくつも持っていた。並み居る強豪校の強打者たちのバットは面白いように空を切った。どんなに相手チームがやじを飛ばして撹乱しようとしても、無意味だった。英児には何一つ聞こえない。ただ、その分、相手選手の心理を顔色一つで見抜く感覚が人並み外れていた。振りかぶったあと投げるまでの一瞬で打者の狙いを見抜いてサインとは違うボールを投げ込んできたことも幾度となくある。中学からずっとバッテリーを組んできた僕はそれに慣れており、どんなボールでも、ほとんどを体で止めてきた。こうして7試合ですべての相手を完全にねじ伏せてきた。迎えた決勝戦の今日、炎天下のマウンドで英児は涼しい顔で肩を作っていた。相手はその年の春の選抜で準優勝した天下の名門、明王大付属湘南高校だ。世間の誰一人、日吉台が勝てるなどとは思っていないだろう。たった一人、マウンド上の英児を除いては。

「お前には試合開始のサイレンも、主審のプレイボールを告げる声も聞こえない。でも、大一番が始まるぞ、やってやろうぜ、相棒よ！」

第一章　出会い

沢村英児は社会人野球を何度も制覇した大日本生命野球部のエースだった父・沢村広大と、テニスで国体まで進んだ母・沢村京子の間に生まれた三人兄妹の末っ子だった。5歳年上の兄・渉は運動神経に恵まれており、父である広大の教えもあって、野球の才能の片鱗を早くから見せていたという。その後、渉はリトルリーグで華々しい活躍をして、名門私立高校へ進学し、全国でも知られた内野手になっていく。その下の英児の姉・花笑は彼より2歳上で、やはり運動センスが抜群だった。京子の薫陶を受けメキメキとテニスの腕を上げ、やがては世界を転戦するプロになっていくことになる。最後に生まれた子である英児は、生まれる前から伝説の大投手、沢村栄治にあやかって「英児」と名付けられることになった。しかし、彼が生まれたときに、ご両親は衝撃を受けた。何ら健康に問題がなく生まれてきた赤ん坊は、しかしながら泣き声を一切発することがなかったのだ。その原因は、先天的に耳が一切聞こえないというもので、治療する方法は残念ながら一切存在しなかった。英児は小学生になるとき聾《ろう》学校に進んで、そこで野球を始めた。父親は最初英児を野球から遠ざけようとしたらしい。伝説のピッチャーの名前を背負わせたことについても、深く後悔していたという。しかし、昔父がマウンドで勇姿を見せた社会人野球全国大会の録画を穴があくほど見続けていた彼の意思は固かった。絶対に、お父さんのようなピッチャーになるんだ、と。英児は聾学校で生まれ持った運動能力に加えて、すさまじい集中力を発揮した。学業の成績が著しく優れていたのだ。一番得意なのは英語で、次に国語、さらには算数の試験でも常にクラスで一、二番を争っていたという。

聾学校の野球チームでは、3年生からエースになった。学校で彼のボールを打てる子供はただの一人もおらず、体育教師がその練習相手になった。来る日も来る日も遅くまで練習に励む英児を見かねて、教師はなんとか説得して家に帰らせた。けがでもさせたら、学校では責任が取れないからだ。そして英児はいつしか、町中で知らない者はいないピッチャーに成長していった。実際、大人の草野球チームが彼に助っ人を頼んだとき小学生のボールをまともに打ち返すことがほとんど出来なかったのだ。来る日も来る日も多摩川の堤防を走り込んで身に着けた強靭な下半身によって培われた正確無比なコントロールも、英児の類稀なる武器の一つだった。そのコントロールされたストレートを、野球好きな大人たちですらバットの芯に当てることはほとんど出来なかった。彼の聾学校と僕が通っていた小学校で、たまたま野球チームの監督の先生が知人であるという縁から練習試合をすることになり、そこで初めて僕、湯浅太郎《ゆあさたろう》は沢村英児と出会った。僕はというと地方公務員の一人息子で、住んでいた家も官舎だった。特段豊かでもなく、運動が出来たというわけでもない。野球は本当に何となく始めた。親戚のお兄さんがリトルリーグに所属しており、野球用具をお下がりで僕にくれたのがきっかけだった。野球の道具はどれも値段が高く、市役所の総務課長だった父に買ってもらうには少々ハードルが高かった。せっかくお兄さんからもらった道具だから、と近所の草野球チームに入るところから野球に親しんでいった。もらったのがキャッチャーミットと金属バットだったので、自動的に志望するポジションはキャッチャーになった。バットは宝物だったので、毎日素振りを近所の公園で繰り返しやっていた。

その練習試合のことは今でも忘れることはない。背が高く日焼けした痩せこけた少年が相手チームのエースだという。そのとき僕らは小学5年生で、僕はようやく学校でレギュラーのキャッチャーになったばかりで、打順はまだ7番だった。その痩せこけた少年は、しかしボールを投げ始めると誰をも沈黙させた。どうやったらこんなに速い球を投げられるのだろう。僕は打順が回ってくるまでベンチから一生懸命タイミングを計った。しかし、打てるイメージを持つことはまったく出来なかった。聾学校に招かれて先攻を選んだ僕らのチームの1回表の攻撃は三者三振で瞬く間に終わってしまった。しかし1回の裏は相手を無失点に抑えることが出来た。6年生のエースはさほど才能があるとはいえない子だったが、コントロールに優れており、相手を打たせてとることが取り柄だったのだ。それでもやはり2回の表になっても、やはり誰一人英児のボールをバットに当てることすら出来なかった。ファウルすらない、すべてが三球三振だった。2回の裏になって、英児は5番打者として姿を見せた。4番打者は正直あまりたいした打者とは思えず、簡単に内野ゴロに仕留めることが出来た。打席に立った英児とキャッチャーである僕は、初めて間近に顔を合わせた。そのときまでには英児は耳が聞こえないことはすでに聞いていたから挨拶がないことには別段腹も立たなかったが、印象としては、

（なんか、ぶっきらぼうな奴だな）

というものがあった。あんなに速い球を投げる奴はどんなバッターなのだろう。僕は左打者と対戦したことがまだなく、ともかく様子を見るようにサインを出した。6年生のエースはボール球から入り、まずは要求通りだった。しかし、英児の態度が気に食わなかった。いくら明らかなボール球であっても、何の反応も示さなかったのである。この態度は人を、あるいはうちのエースを見下しているということではないのか。

（なんだ、この見送り方は。ばかにしているのか？）

僕は腹が立った。じゃあ、もう少しストライクゾーンに近いところにギリギリで投げてもらおう、そういうサインを出した。そして、要求通りにスピードはないながらも、きわどいボールが低めに決まった、そう思った瞬間だった。英児が鋭くバットを振り抜いて低めのボールをすくい上げると、一直線にボールは外野手の頭上を越えてゆき、聾学校のベランダにある鉢植えをことごとく粉々に砕いてしまった。軟式野球のボールであったのにもかかわ

らず。僕は衝撃を受け、しばらくは身動き出来なかったように思う。6年生のエースも呆然としていた。しかし、なぜか聾学校の先生や父兄は誰も驚いてはいなかった。

「こんなことはよくあることなんです。だから外野のネットをもう少し高くしようってお願いしているんですけど、市からなかなか予算がおりなくて」

聾学校の野球部監督は笑いながらうちの学校の監督に試合後に話されていた。そして、3回の表に、7番打者としてバッターボックスに入った僕は、初めて英児の球を打者として見た。左投手対右打者。理屈から言えば、僕の方が有利なはずであった。しかし、バッターボックスで見た英児のボールはレベルが格段に違っていた。よく、すごい投手のボールはホップするというが、そんなことが物理的に起こりうるはずもない。それなのに、11歳だった僕には英児のボールがうなりをあげて手元で浮き上がっている、そうとしか思えなかった。時々相手チームのキャッチャーの様子を盗み見たが、サインを出している様子はなかった。とりあえずストライクゾーンにミットを構え、あとはそこに英児が投げ込んでいく、そんな感じだった。この打席で僕は呆気なく三振をするのだが、唯一この試合で初めて英児のボールをファウルした。英児のボールをバットに当てたのだ。結局あの日の試合は7回を完全試合に封じ込められたのだが、ファウルしたのは僕しかいなかった。後に同じ中学に進学するとき、英児は聾学校ではなく一般の横浜市立日吉南中学校を選んだ。そこでようやく同じ野球部に入った僕らだったが、あいつはメールにこう書いてきた。

「太郎だけだ。俺のボールを初めての試合でバットに当てた奴は。だったら、俺のボールを捕れるだろう。俺のキャッチャーになれ。小学校の頃は、俺は全力で投げたことなんかない。いつもキャッチャーの公平が捕れるように加減をしてきた。これからは、本気で投げる。だから太郎、お前が捕れ」

傲岸不遜なそのメールに、しかし僕は英児の投手としての無限の可能性を感じた。2019年に逝去された日本で唯一の400勝投手、金田正一さんは現役時代に監督よりも威張っておられたという。かつて日本国有鉄道だった日本の鉄道事業。その国鉄がオーナーだったプロ野球チームが国鉄スワローズである。現在の人気球団の昔の姿がそれだ。悲しいことに、当時は今の強豪とは異なり、万年最下位のお荷物球団だった。勝率が1割程度しかなかったその弱小球団で、金田投手は400勝のほとんどを稼ぎ出された。驚くことに、投げておられたボールは基本的に2種類しかない。ストレートとカーブだった。金田投手はそのカーブを縦に使われた。昔は縦のカーブをドロップと呼んでいたが、金田投手の縦のカーブこそ、まさにドロップだった。一説には70センチ以上も曲がったのだという。日本プロ野球史上間違いなく最高のキャッチャーで、僕の憧れの存在だった故・野村克也さんは日本プロ野球史上最高の投手として金田正一さんを選ばれている。また、ミスタープロ野球として絶大な人気を誇るスーパースター・長嶋茂雄は、ゴールデンルーキーとして鳴り物入りでプロ野球に入団したとき、デビュー戦で四打席連続三振を喫している。さらに言えば、次の試合でも三振を奪われているので五打席連続三振だったのである。

「カネさん（金田投手の愛称）のカーブは、２階から落ちてくる」

当時のプロ野球選手は皆こう振り返っているのだ。

そして金田投手は打者としても恐るべき存在だった。生涯で38本もの本塁打を日本プロ野球で打っている。長身の左投手で強打者でもあった英児に、僕は金田投手の伝説を重ね合わせてみたのだった。

（こいつは絶対に、金田さんみたいなすごいピッチャーになるに違いない）

中学1年生になった僕は、その日から手話の勉強を始めた。

1年生のとき、僕らは別のクラスだった。しかし、英児の存在は瞬く間に学校中の噂になった。身長はすでに180センチで、他人を寄せ付けない圧倒的な存在感を身にまとったあいつは、男子生徒からは恐怖の対象でしかなかった。ただ、女子生徒にはとにかくもてていた。女子は口々に格好いい人がいる、ときゃあきゃあ騒いでいたのだ。英児はしかし女子生徒になど目もくれなかった。もちろん、俗にいう黄色い悲鳴など彼に聞こえるはずはなかったのだが、俺には野球しかない、それが口癖（というのも妙な話だが）だった。入学してすぐに野球部にそろって入部願いを出したのだが、そのときのことも妙に印象に残っている。英児は文字を書くことすらも上手だった。あとでいろいろとメールで質問したら、書道の段位までとっていたという。なんて奴だ、こいつは。マネージャーだった3年生の佐藤ゆかり先輩に深々と頭を下げる英児を見て、僕は呆気にとられた。こいつでも、人様に頭を下げることがあるのか。佐藤先輩は顔を真っ赤にして、こう言った。

「あ、あの、君って……。もしかしてあの沢村くんなの？」

英児にはむろん何も分からない。僕が手帳に文字を書いて「通訳」した。東急東横線日吉駅があるその町で、英児を知らない人はむしろ稀だったと言っていい。佐藤先輩に入部願いを提出したあと、さっそく僕らは横浜市立日吉南中学校の、野球部部室に挨拶に行った。先輩方は、僕はともかく英児を皆知っていた。

「おい、沢村だろう、あの。なんでうちになんかに来てくれたんだ？」

「すげえ。本物だ。俺、多摩川の河川敷で沢村が出ている試合を見たことあるぞ。速すぎてボールが見えないし、第一、ホームランばかすか打っていたじゃねぇか！」

英児にはもちろん何も分からないし、もはや僕も通訳はしなかった。英児には雰囲気ですぐに分かっただろう。先輩方の反応が憧れや興奮であるということを。

結局、その年の日吉南中には七人の新入部員が入部したが、わけても英児、僕、ボーイズリーグでショートを守っていた坂本、ファースト志望の守備は苦手な巨漢・中島、俊足で外野手志望の松井の五人は、日吉南の中心選手となっていく。そして、生涯の友となった。

1年生ながら、すでに英児のボールは群を抜いていた。僕はといえば剣道部からお古を借り受けた防具を装着しなければ、とても英児の全力投球には耐えられなかった。あいつは顧問の先生の目を盗んで、少年野球ではあまり推奨されない変化球を遠慮なく投じてきた。スプリット、スライダー、サークルチェンジ、そしてすでに時速130キロは超えていたかもしれない剛速球。何度受け損ねて痛い目を見たことか。生保レディーとして家計を支える母は、ため息交じりにこう言った。

「太郎、あんた、本当に野球部、大丈夫なんでしょうね。毎日青あざ作って帰ってきて。宿題もしないで疲れてすぐに寝込んじゃうし、勉強も少しは頑張りなさいよ」

　市役所勤めの父は、いつも応援してくれた。

「まぁいいじゃないか。こんなに一生懸命やれることに巡り合ったんだ。好きなようにやりなさい」

「有難う、お父さん。僕はすごいピッチャーと組んでいるんだ。ものすごい剛速球で、3年生の先輩たちでも全然打てない。沢村英児っていうんだ」

　それを聞いたとたん、父は腰を抜かすほどに驚いた。

「沢村って、あの沢村さんのお子さんか！　すごい資産家なんだぞ！」

　市役所勤めだけに父は詳しかった。沢村京子おばさんの家は昔から地元の名家で、資産家として有名だった。大日本生命野球部を引退した広大おじさんはそこの家の養子として京子おばさんと結婚した。会社では凄腕の営業マンで、次期取締役候補とまで噂されていた。沢村家は高台にそびえる豪奢なつくりの豪邸であり、駐車場には外車が2台もとまっていた。

さらに葉山にはテニスコート付きの豪華な別荘、さすがに乗せてもらったことはないがクルーザーまで所有していたと聞いている。

僕ら五人組は、毎月のように葉山の別荘に入り浸っては野球の合宿をさせてもらっていた。どの家庭でも別荘などは夢のまた夢で、厳しいはずの練習もどこか楽しいものになった。

坂本の家は八百屋さん、松井の家は肉屋さんで、中島の家はお米を扱っていたから、食材を持ち込ませてもらい、調理はもっぱら僕がやった。カレー一本やりだったが、母をいつも手伝っていたので、調理には自信があった。まさか、この特技がのちのちに生きようとは、夢にも思わなかった。

第二章　中学野球編

葉山での初めての合宿は、胸躍るものだった。こんなに大きな別荘など見たこともなく、中学生四人に加え、ときおり訪れる広大おじさん、京子おばさん、渉さん、花笑さんがいても、まるで狭いと感じなかった。五人は砂浜を走って足腰を鍛え、テニスコートで練習をする花笑さんにはテニスのサーブを打ってもらい、スピードに慣れる訓練をした。

それにしても、中学3年生の花笑さんの美しさは、雑誌モデルかテレビタレントのようで、たちまち僕らのアイドルになった。初対面のとき、

「こんにちは。あなたが太郎くんでしょう？　噂通りって感じね。いつも弟がお世話になってます。姉の花笑です。鎌倉学園女子中学の3年生よ」

「は、は、はい」

顔が真っ赤になって何も言えなかった。完全に初恋といった感じだった。僕はほとんど花笑さんとまともに会話出来ず、いい大人になった今でもそのときのことを後悔している。

花笑さんはすでにテニスのジュニアランキングで日本上位に食い込んでおり、英児と同じ

く上背がある恵まれた身体から繰り出す高速サービスが絶対的な武器だった。古いラケットを借り受けてサーブを追ったが、英児のストレートを上回るスピードに、誰一人ついていくことは出来なかった。しかしダッシュの訓練、動体視力の訓練としてはこれ以上のものはなかった。巨漢の中島にはダイエットの効果もあっただろう。

「すごいです。こんなに速いなんて、信じられないですよ」

ボーイズリーグで鳴らした坂本ですら、すぐに音を上げた。

「まだまだ。全国は広いわよ。私だって関東ジュニアでは優勝したけど、全国ではまだ全然だめだもの。ベスト8がやっとよ」

いや、それでも十二分にすごいことだと皆が思った。

そして、時々は、忙しい野球部の練習と勉強の合間を縫って、渉さんがやってきてくれた。当時、地元のK高校野球部主将で、春の選抜で3番ショートとしてプロ野球スカウトも注目するほどの活躍をしていた身近な英雄だった。

特に同じポジションの坂本は、大喜びだった。

「沢村さん、選抜見ていました！　すごい活躍でしたよね！」

「いや、何。3回戦負けだからね。それより、よく来てくれたな。弟はああいう頑固者だから友達が少なくてさ。有難いよ。君は坂本君だろう、音羽ドルフィンズにいた。知っているよ、俺もリトルリーグ、シニアリーグにいたからね。いい選手が出てきたって噂は聞いている」

　坂本の感動ぶりはすさまじいものだった。

　守備に打撃に渉さんは丁寧に指導してくれた。僕の打撃も一からきっちりと丁寧に教えてくれて、我ながら随分と上達したと思う。高校生になって「小柄ながら神奈川に強打の捕手がいる。小さな強打者だ」と言われるまでになれたのは、渉さんのおかげかもしれない。

　きわめつけは広大おじさんだった。休みの日に合宿が重なると、近くにある大日本生命野球部グラウンドを借りてくださり、僕ら相手にバッティングピッチャーを買って出てくれた。すでに45歳になっていたとはいえ、その圧巻のピッチングに僕らは舌を巻いた。

「英児もすごい奴だけど、広大おじさんはもっとすごい」

　スピードもコントロールも、いまだに中学生ごときが立ち向かえるレベルではなかった。それでも本気で投げている様子はなかった。

「太郎くん、あちこちにあざがあるな。すまん、英児は野球のことになると手を抜くってことがまず出来ないんだ。聾学校でもまともにキャッチング出来る相手がいなくて、ずっと寂しそうだった。君のおかげで、あいつは随分と明るくなってきているんだ」

「とんでもありません。まだ、英児君が全力で来たら全然捕れません。特にスライダーなんか、まともにキャッチング出来たことが1回もないんです」

「大丈夫、見たところ君は基本動作がきちんと出来ている。よほどまじめに練習したんだろうね。すぐに英児の女房役になれるよ」

僕は嬉しくて飛び上がりたいほどだった。

こうして自称・日吉南黄金世代の五名は、2年生になる頃にはレギュラーのポジションをつかんでいた。特に英児は無敵だった。彼が投げる試合では、負けることなどなかった。僕は必死でボールを捕るだけだったが、それでもチームで受けることが出来るのは僕だけだった。2年生から主戦投手となった英児の活躍で、日吉南は関東大会初出場という快挙を成し遂げたのだ。

全試合英児が登板すれば全国制覇も夢ではないと皆思っていたが、少年野球では連投に厳しい制約がある。結局関東大会ではベスト4止まりだったが、開校以来の快挙に校長先生や教頭先生も大喜びだった。むろん、生徒のみんなも。佐藤ゆかり先輩が引退したあと空席だったマネージャーも、すぐに希望者が殺到した。おそらくはほとんどが英児目当てだったろう。

その中で、もっとも熱心だった福田真紀さんがマネージャーになった。僕とは同じクラスで席も近く、太郎君、真紀さんと呼び合う間柄になった。

すでに地元で強豪チームとして認識され始めていた日吉南には、様々な練習試合の申し込みがあったが、相手の戦力分析は、真紀さんと僕の担当になった。たとえば偵察などもそうだ。対戦が決まったチームが近場なら、電車でよく偵察に二人で出かけた。成績優秀でポイントをつくのがうまい真紀さんは、見事なメモをとった。僕はビデオ撮影係だった。

「いや、すごいね。野球にこんなに詳しいなんて。英児は目立つからとても偵察には連れてこられないけど、僕が一人で来てもきちんとメモがとれない」

「私、父が新聞社でスポーツ記者をやっているの。そのせいで、子供の頃からスポーツの話ばかり聞かされて、プロ野球の試合にもよく連れていってもらっていたの。だから、いつの間にか野球好きになってしまったってわけ」

「新聞記者って、すごいじゃないか。なかなかなれない仕事なんだろう」

「お父さんは大きな新聞社に入りたかったらしいけど、何社も入社試験に落ちて、地元の神奈川地域新聞に入社したって言っていた。でも、今、運動部のデスクっていう責任者になったの。すごく楽しそうに仕事しているわ」

そう、真紀さんの父親である福田武夫さん、福田記者がのちに「サイレントエース」の記事を書いてくれた方だ。

真紀さんの鋭い分析、そして僕が撮影した相手チームの練習風景のビデオは、日吉南のまたとない武器になった。関東大会後の練習試合でも、僕らは勝ち続けた。英児が投げない試合でも、3年生の武智さんが主将として、第二投手としてチームを引っ張った。英児はむろん四番打者としてレフトを守り、補殺を何度も奪った。

そして、3年生が引退した後、坂本が武智さんのあとを受けて主将になった。誰もが納得する人選だった。新チームでは、エースはもちろん英児、1番はセンターの松井、3番がショートで主将の坂本、4番が英児、5番がファーストの中島、僕は6番キャッチャーという打順になった。チームは強くなっていたものの、しかし僕は徐々に自分に不満を感じ始めていた。打撃は徐々に上達していったものの、このままではただやっとボールをキャッチしているだけで、英児の足手まといになるばかりだ、そう思っていたのだ。

そんなある日のことだった。真紀さんが僕に声をかけてきた。

「お父さんが太郎君に会って話を聞いてみたいって言っているの。今度の日曜日、時間ある？」

新チームが発足して間もない日のことで、僕は勉強にも身が入らずにいたから、否やはなかった。

「でも、なんで僕なの？　英児のことを知りたいというなら話は分かるけど。まぁ、あいつ新聞とかの取材は全部断っているからな。そのせいかな」

障がい者、沢村英児を取り上げようとするメディアは山のようにあった。それはそうだ、関東大会で大活躍する聾唖の剛球投手でしかも強打者。中にはテレビ局の取材依頼まであったらしい。顧問の谷本先生に頼んで、英児はそのすべてをかたくなに拒否していた。写真を撮られることさえ嫌がった。確かに、渉さんの言われた通り頑固な奴だった。

僕はその週の日曜日、福田真紀さんのお宅を訪ねた。日吉駅からやや離れた閑静な住宅街にある一軒家だった。そこで待っていたひげを蓄えた穏やかな紳士が、福田記者だった。そのときちょうど50歳。神奈川地域新聞運動部デスクで、大学時代はラグビーの花形選手だったという。

「はじめまして。真紀の父親です。今日は呼びつけてしまってすまなかったね」

優しそうな笑顔を浮かべた福田記者は、僕にお茶と和菓子を勧めてくれた。面差しはどこか真紀さんに似たところがあり、奥さん、つまり真紀さんのお母さんもとても笑顔が素敵な方だった。

「はじめまして。湯浅太郎と申します」

「君のことを真紀から聞いて、とても興味を持っていたんだ。仕事がら、野球選手を取材することはいくらでもある。特に近頃は子供の野球離れが深刻でね。その意味でも少年野球の記事に力を入れているんだよ。そんな中で、地元で有名な沢村君のボールを捕ることが出来るキャッチャーがいるというじゃないか。これは話を聞かないわけにはいかない、そう思ってね」

「いや、本当に僕はたいしたことがないんです。確かにチームであいつの球を捕れるのは僕しかいません。でも、ただ捕っているだけなんです。しかも、きちんとリード出来ているとはとても言えません。今のままではだめだ、ちょうどそう思っていたところです」

　僕の話を聞いて、福田記者はご自分の体験を話し始めた。

「僕は中学生からずっとラグビーをやっていた。高校生でも花園に出場して、憧れのM大学ラグビー部に進んだときは、天にも昇る気持ちだったよ。ポジションはウイングで、チームの得点源になっているという自負もあった。大学日本代表合宿に呼ばれるまで、その自信はずっと続いていた」

　そこで、福田記者は少し間をおいて静かに言った。

「四年生の日本代表合宿で、僕は足に大けがを負った。最初はすぐに治ると思っていた。でも、足の腱が断裂して、全治1年以上と言われた。目の前が真っ暗になった。『なんで俺なんだ、なんでこの時期なんだ』って何度思ったか分からない。結局大学生時代に完治することはなく、ラグビーのトップリーグ、今は名前が変わったが、そこのどのチームからも声がかかることはなかった。悔しかった。でも、スポーツにかかわることは諦められなかった。その僕を変えたのが、この『江夏の21球』なんだ」

　スポーツノンフィクションの傑作が、今も書斎の机の上にしっかりと置かれていた。僕はあとでそれを熟読するのだが、剛速球投手から転じて日本で最初に（正確には八時半の男、宮田征典さんが最初かもしれないが）クローザーとなって優勝請負人とまで呼ばれた江夏投手が、日本シリーズで伝説の投球をした、その舞台裏を描いた感動のドキュメンタリーだ。

僕の憧れである野村克也さんが「一緒に野球に革命を起こそう」と先発からの転向を渋る江夏さんを口説いたという逸話もこの日教えてもらったが、きわめて痺れる話である。

「『江夏の21球』を読んで、僕はスポーツ記者になろうと心に決めた。まあ就職活動は出遅れていたから順調とは言えなくて、大手の新聞社や雑誌社には落ちてしまったんだけどね。なんとか地元の新聞社に拾ってもらった。それに、僕にはどうしてもこの仕事に就きたかった理由がもう一つある。今日は、君にこれをもらってほしい」

そう言って差し出されたのが分厚い古びた大学ノートで、表紙に「池永」とだけ書いてあった。

「これはね、同じM大学の野球部でプロ野球選手を夢見ながらすい臓がんで亡くなった、僕の親友だった池永裕次郎が残したキャッチャーのリードなんかに関するメモなんだ。3年生で発病して、治療の甲斐なく4年生の冬に亡くなった。最後に見舞いに行ったとき、池永は僕が記者になろうとしていることは知っていたから、『福田、俺はもうだめだ。せめてこのメモを、お前の取材活動の足しにでもしてくれ』。それが最後の会話になった。これは言ってみればあいつの形見なんだ」

あまりに重い話に僕は言葉もなかった。ただ、ひとこと、

「そんな大切なものをいただくわけにはいきません」

とだけ小声で答えた。

「いいんだよ。僕は池永のためにも記者として一生懸命頑張ってきたし、そのノートも十分参考になった。あとは、同じキャッチャーの君が、このノートを競技に活かしてくれないか、頼む」

僕はおそるおそるノートを開いた。几帳面でまじめな池永さんの性格が伝わってくるようなメモだった。ピッチャーの特徴や相手打者のくせなどに応じた配球の仕方などがイラスト付きで見事に描かれていた。まだ読めない漢字もあったが、これはすごい。直観的に分かった。このノートを僕は池永メモと呼んで、生涯大事にしていくことになる。

その日はスポーツ談義に花が咲き、いつの間にか夕暮れどきになってしまっていた。僕は、このとき漠然とある憧れを抱いた。坂本や英児はプロ野球の世界へ行ってしまうだろう。僕にはとてもそれは出来まい。でも、出来ることなら大学野球、それも東都六大学野球でプレーをしてみたい。

「福田さん、僕、M大学で野球がしたいです。こんな小さい体で勉強もまだまだ全然だめなんですが、出来るでしょうか?」

福田記者はにこりと笑って言った。

「かつて日本で無敵だったラグビーチームでウイングとして活躍したある選手はひときわ小柄な体で世界に名高いオーストラリア代表のメンバーにもなっている。その彼が言った言葉がある。『体格差なんて、言い訳だ』だよ。大丈夫、出来るさ。池永は大学時代に病気のせいもあって六大学での優勝メンバーになれなかった。その夢、君が引き継いでやってくれ」

僕の人生は、はっきりとこの瞬間に変わったと今でも思う。もやもやとした思いが雲散霧消して、やる気が猛然とわいてきた。この日を境に、学校の勉強も手話の勉強も、野球部の練習にも全力を注ぐようになったのだから。

結局、その日は夕食までお世話になってしまった。真紀さんと一緒に食卓を囲むのは妙な気分だった。

「太郎君、今日は随分盛り上がっていたわね」

「いや、申し訳ない。すっかり長居してしまった。おまけにご飯までごちそうになってしまって」

「うちのお母さん、料理上手でしょう？　卵焼きが特に美味しいの」

「本当だ、おばさん、美味しいです」

「あらやだ、まだ43歳なんだから、おばさんはやめてよ」

「す、すみません」

福田記者は楽しげに黙々とウイスキーのグラスを傾けていた。かなりの酒豪なのだと真紀さんから教わっていた。

年上の既婚女性をどう呼べばいいか分からず恐縮しきりだったが、卵焼きは本当においしかったし、から揚げも絶品だった。とても温かい家庭だな、とそう思った。

翌日から、僕は心を入れ替えてすべてに全力で取り組むようになった。池永メモは毎日読んでいた。読めない漢字や英単語は一生懸命辞書をひいた。また、福田記者からはメールでよくアドバイスをいただけるようになった。強豪中学と試合をするときは、マークすべき選手のことも教えてくれた。それをもとに真紀さんとともに相手を徹底的に分析して、池永メモをもとに英児とピッチングの組み立てについて相談した。すでに手話も上達していたから、意思疎通はスムーズだった。

「太郎、お前、変わったな。なんか分からないけど、すごくやる気じゃないか」

「いつまでもお前に頼りっぱなしというわけにはいかないからな、これからは、僕のサインに首を振るなよ」

「言うようになったな、お前も」

滅多に表情を変えることがない彼だったが、英児の手話からは、彼が喜んでくれていることが伝わってきた。そう、僕らは本当の相棒になったのだ。

僕は、さっそく母の仕事が休みの日に、夜7時に父が帰ってきてから進路の相談をすることにした。

「お父さん、お母さん、今日はちょっと相談があるんだ」

父は酒もほとんど飲まず、たばこもやらないまじめ人間で、優しい人物だ。二つ年上の母とは保険のセールスで出会い、そのまま結婚した。父が完全に尻にしかれているのが子供心にも分かっていた。将を射んとする者はまず馬を射よ。口説くなら母だ。それも、父が同席している場なら、味方になってくれるに違いない。

「あら、どうしたの。妙に改まって。お小遣いの値上げなら、そう簡単にはいかないわよ」

「まぁ母さん、太郎が相談っていうんだ。ちゃんと聞いてやろうよ」

「実はさ、僕、M大学の野球部に進みたいと思っているんだ。今の成績じゃとても無理だと思うけど、一生懸命勉強する。奨学金だってある。野球部に入ってしまったらとてもアルバイトは出来ないと思うけど、僕なりに出来ることはする。だから、お願いだ。僕を私立大学に行かせてください」

母はにっこりと笑った。自称凄腕の生保レディーが胸を張ってこう言った。

「あら、あの勉強嫌いの太郎がこんなことを言うなんて、明日は雪でも降るんじゃないかしら。いいわ、お母さん、とっても嬉しい。生命保険のお仕事頑張って、太郎の学費くらいは稼いであげる」

父も賛成してくれた。

「お父さんは県立高校から頑張って国立大学、浪人してしまったけどなんとか入学して卒業した。公務員試験だって一生懸命勉強したぞ。お母さんだって、けっこういけている女子大を卒業しているんだ。大丈夫、太郎は僕らの子供なんだから、絶対にやれば出来るよ」

「有難う、お父さん、お母さん」

僕は翌月から週に1回は塾通いをするようになった。野球部との両立はけっこうきつくて、授業中よく居眠りをして怒られた。でも、毎日が充実していた。成績も徐々に上がってきた。英児はすでに学年トップクラスの成績を叩き出していたが、僕もだんだんと成績上位者に顔を出せるようになってきた。

「これなら、希望している県立高校には入れるかもしれない」

真紀さんも誉めてくれた。

「太郎君、すごいじゃない。この前の中間試験、クラスで10番以内に入るなんて」

「いや、真紀さんに比べたら全然下じゃないか。なんとか都内の私大は狙える県立高校には入りたいんだ」

神奈川県で学費が私立よりは安い県立校で成績優秀者を集めるところはいくつかあったが、僕は現実的にそれら名門に入学することは無理だと分かっており、県立なら自宅から通える日吉台がターゲットになった。神奈川県横浜市では中堅クラスで、成績上位者は六大学クラスへ進学していたから、僕の目標になった。

こうして、武智さんたち3年生が卒業して、僕らは最高学年3年生になった。英児の名声に憧れ、多くの新入部員が入ってきた。その多くは練習に耐えかねて辞めていってしまうのだが、それくらい当時の日吉南は厳しい練習をしていた。ただし、顧問の谷本先生の方針から、無意味なシゴキなどは一切なかった。

渉さんはK大学経済学部へ進学し、やはり野球部に入部した。さすがに1年からレギュラーとはいかなかったが、2年生でセカンドのポジションをほぼ手中にしていた。下級生で雑用も多く、さすがに葉山の合宿には顔を見せなくなっていた。花笑さんはプロのライセンスを取得すべく、アメリカのテニスアカデミーへ留学していった。

寂しいことだが、仕方がなかった。沢村家の葉山の別荘での合宿はキャプテンの坂本が中心になって、僕ら五人組に加え、何人かメンバーが増えていた。時々は顧問の谷本先生も参加するようになった。

「いくらなんでも保護者不在というわけにはいかないからな」

谷本先生は一応監督だったが、野球の経験も知識もなく、教えてくれることはなかったのだが、すべて手弁当で面倒を見てくれていたので、本当に有難かった。しかも教師になる前に大型免許をとっていて、遠地の強豪校と練習試合をするときは、レンタカーで僕らを送迎してくれた。

チームを指揮し、鼓舞していたのはキャプテンの坂本だった。坂本の家は八百屋の家業があり、ときには家業を手伝いながら、かつ弟妹の面倒を見ながらも、限られた時間の中で練習を引っ張り、チームの尊敬を集めていた。僕のような一人っ子で共働き夫婦の元で育った身からは、想像も出来ないたいへんさだったと思う。あまり話したがらなかったが、聞けば父親は持病がある人で、母を支えるためにも坂本は空いた時間には家業の手伝いもこなしていた、いわば苦労人であった。それに加えて主将ということで、僕は副主将として坂本が抜けなければならないときはカバーするよう心掛けた。とはいえ、チームの中心は戦力としては英児、精神的には坂本であった。

3年になった5月、とうとう中学野球最後の地区大会が始まった。僕らの地区でもっとも強豪といわれていたのが私立仁成学園中等部で、昨年もかなり競った試合をしている好敵手だった。谷本先生は英児を出来るだけ温存して地区を勝ち抜きたいという考えを示した。

「とにかく中学野球は連投にうるさい。1回戦の頭は沢村でいくが、あとは出来るだけ今村と佐竹でしのいでほしい。そのためには湯浅、お前のリードが頼りになる」

「分かりました。出来る限りのことをやります」

僕は副主将に任命されたことにやりがいを感じ、はりきっていた。

五月晴れの日曜に市立球場で行われた1回戦には、両親も応援に来てくれていた。1回戦の相手は同じく横浜市立の綱島第三中だったが、正直、戦力の差は歴然としていた。僕も真紀さんも念には念を入れて偵察はしていたが、選手の士気はきわめて低く、マークすべき相手もいないようだった。

案の定、英児の前になすすべはなく、5回までヒットどころか外野に打球が飛ぶことすらなかった。8割程度で流していたにもかかわらず、だ。日吉南は相手の主戦投手をつるべ打ちに打ち込んだ。1番センターの松井は初回から粘ってフォアボールで出塁、2番の2年生、桜井がこれを送って、3番のキャプテン坂本は鮮やかなセンター前ヒットであっさり先制した。4番ピッチャーの英児は申告敬遠となった。いたし方ないところだ。5番ファーストの中島は2ボール2ストライクからの5球目、当たりは今一つだったが持前の怪力でボールをライト前に流し打ちで運び、坂本をホームインさせ、英児は俊足を飛ばして三塁へ。1死一、三塁となって僕の出番が来た。

特に力みはなく、我ながら冷静だった。観客席からは両親の声まで聞こえた。

「太郎、思い切っていけ！」

「頑張って！　太郎！」

僕はここまで毎日素振りを欠かしたこともなく、走り込みをさぼったこともない。身長は160センチあまりだったが、それが幸いして相手投手は投げにくそうでもあった。カウントを悪くして3ボール1ストライクとなったそのあとのストレートを、僕は右中間の真ん中へ叩き返した。英児に続いて中島まで巨体をゆすってホームに還り、僕は走者一掃のツーベースを放った。

相手投手は、もう泣きそうな雰囲気だった。もう、日吉南のワンサイドゲームになることは目に見えていた。谷本先生は英児を5回でマウンドから降ろしてレフトに回した。この日はフォアボール一つだけでノーヒットピッチングだった。むろん、変化球どころか全力投球のストレートもなかった。6回、7回は桜井が相手打線を無難に抑え、日吉南は1回戦を7対0の完勝で終えた。こう言ってはなんだが、地区で相手にしているのは仁成学園中だけだった。

僕は3打数2安打で3打点を挙げてチームの得点の半分近くを稼ぎ出した。

試合が終わると、両親が嬉しそうに寄ってきた。

「太郎、お前が毎日御嵩神社の階段でダッシュしていたり、官舎の前で素振りしたりしていたのは見ていたが、その成果だな。それにしても沢村君はものすごいな」

「うん、あれでもまだ全力は出していない。仁成学園中あたりは絶対に偵察に来ているからね。手の内を見せるわけにはいかないよ」

すると、そこに京子おばさんが姿を見せた。母は駆け寄って挨拶をした。

「沢村さん、湯浅太郎の母です。いつも息子がお世話になって」

京子おばさんは本当にきれいな人だった。往年の映画女優のような気品のある人で、名門のお嬢様だったのに、僕ら庶民を見下すようなことは微塵もなかった。

「いいえ、湯浅さんですわね。ＰＴＡでお見掛けしてから、いつかご挨拶したいと思っておりました。沢村でございます」

「いつもうちの息子が図々しく別荘まで押しかけて、ご迷惑ばかりおかけしております」

父も頭を下げてくれた。

「とんでもございません。家族以外に心を開こうとしなかったあの英児が、今ではすっかり明るくなって。太郎君は、英児のために手話まで勉強してくれたって聞いてます。そうね、太郎君」

僕はさすがに照れた。

「いえ、英児、いや英児君のボールを受けるなんて、普通出来ない経験です。僕がチームでレギュラーを張っていられるのも、彼のボールを捕れるから、それだけですから」

「葉山であなたが作るカレー、とっても美味しいわよ。いい腕をしているって、夫も褒めていたわ。将来、うちの専属料理人になってほしいくらい」

笑い声が広がった。確かに僕は料理人として生きていくことになるのだが、そんなことはそのとき、夢にも思っていなかった。

これ以降、沢村家と湯浅家は家族ぐるみの付き合いをするようになった。

続く2回戦、3回戦も順調に勝ち上がった。英児は4番でレフトを守り、残りの3投手を僕は池永メモから得たヒントでリードし続けた。打線も英児を軸に順調に得点を挙げ、2回戦は4対1、3回戦は5対3という内容で、地区のライバル、仁成学園中との試合を迎えることになった。私立仁成学園中等部は新丸子の駅からバスで10分ほどのところにある中高一貫教育の学校で、過去には高等部が甲子園大会出場も果たしている強豪校だった。その試合を翌週に控えたある日、福田記者から気になるメールが来た。

「仁成学園中に、池永という名の投手がいる。君らと同じ3年生だ。個人情報だから追いきれないが、どうも池永裕次郎の親戚、それも甥らしい。確かに池永には2歳年下の弟がいた。野球をやっているという話は聞いていたが、まさかあの池永の血が流れているとしたら、侮れる相手じゃないぞ、太郎君」

　それは宿命としかいいようがない出会いだった。強豪仁成学園中で主戦投手を務めている池永雄太は、確かに僕が手にしている池永メモを引き継ぐべき男だった。僕は、その相手の投球を見ないわけにはいかなかった。

　幸い、真紀さんや後輩たちが仁成学園中の試合をビデオに撮影してくれていた。それを理科の山村先生がDVDにして、渡してくれた。

「良かったじゃない、湯浅君。4回戦進出おめでとう。また関東大会、狙えるんじゃないの」

　山村先生もリケジョながら体育会系で、大学時代はラクロスでならした猛者だった。もう少し宿題を減らしてくれれば有難かったが、顧問でもない野球部にはよく協力してくれていた。

「それが、次の相手があの因縁の仁成学園中なんですよ。去年、英児が投げたのに接戦になって、何しろ野球留学生みたいな連中がごろごろいますからね」

「へえ、それでビデオを分析しようってわけなのね。すごい選手でもいるの」

「はい、一人すごく気になる奴がいます。理由はうまく説明出来ませんけど、池永っていうピッチャーが、僕が想像した通りなら、手ごわい相手です」

「へえ。なんとなく分かるわ、私でもそういうの。ラクロスの試合でも、強い相手ってオーラが出ているというか、雰囲気あるものね」

「そう、そんな感じです」


僕は自宅でそのDVDを何度も見返した。池永さんの顔までは知らなかったから、似ているのかどうかまでは分からない。でも、この池永雄太は、そこらにいるピッチャーとはわけが違っていた。

上背は175センチくらいだろうか。右投げのパワーピッチャーで、英児ほどではないがかなりの球速だった。変化球はカーブ程度しか使っていなかったが、相手を完全に封じ込んでいた。さすがは名門仁成学園中でエースの座を勝ち取っただけのことはある。ゆくゆくは高等部に進んで、やっかいなライバルになるに違いない。

「今度の試合、取れて3点が限界だろうな」

僕はそう感じた。英児が投げない限り、とうてい勝ち目はない。それでも、果たして本当にこの池永を打つことが出来るだろうか。僕は打者の分析は専門でも、投手の分析までは出来る自信はなかった。


翌日、さっそくそのDVDを入れたパソコンを持って学校に行き、キャプテンの坂本に見せた。

「どう思う?」

坂本はしばらくじっと考え込んでいたが、やがて重い口を開いた。

「なんでこれほどのピッチャーを今まで知らなかったんだろう?」

「なんでも、仁成学園中には去年編入してきたらしい。関西の方で投げていたらしいんだ」

「そうか。谷本先生に相談しないといけないけど、英児に投げてもらうしか対抗手段はないぞ。もともと仁成学園は打線が売りだ。去年英児から2点も取った。俺らがこいつから点を取れたとして、出来て……」

「3点がいいところだろうな」

「太郎もそう思うか。それもうまくいっての話だ。こりゃあ、考えを改めないと、これまでの相手とはレベルが違うぞ。関東大会にだって、こんなピッチャーはいなかったからな」

宿命のライバルの登場だった。運命に引き寄せられるように、僕は池永雄太と戦うことになった。この戦いは、予感通り高校に入ってまで続くことになるのだ。

英児のマスコミ嫌いは承知の上だったから、池永雄太のことを話せば福田記者とのやりとりも話さないといけなくなる。だから今回は、英児には情報を入れなかった。違うクラスでよかった。隠しごとをしても、こっちの顔色一つでばれてしまうのだから。

坂本は谷本先生にＤＶＤを見せて、いかに池永が優れた投手であるかを説明した。副主将である僕も同席の上だった。

「そうか、お前たちがそこまで言うほどのピッチャーなのか」

谷本先生は腕を組んで宙を睨んだ。

「沢村を先発で使ってください。お願いします。決勝戦まで温存しているような場合ではありません。この池永のストレート、１３５キロは出ていると思います。レギュラー組は、今日からバッティングセンターで１４０キロのマシン打撃をやるようにします。負けたら中学野球、終わりですから。先生、バッティングセンターのことなんですが、費用もかかりますし、どうしたらいいでしょう」

谷本先生は、坂本の権幕に押されてこう言った。

「バッティングセンターのことは、心配するな。私だって一応監督なんだ。こんなときくらいはＯＢに声をかけて寄付を集める。あ、そうだ、ＯＢの市原和己がバッティングセンターを経営している。頼んでみるよ、サービス価格でやってくれって」

「有難うございます」

そして僕は広大おじさんに電話で相談した。試合は日曜日。前日の土曜日にカーブを投げに学校に来てもらえないか、と。二つ返事だった。

「いいとも。その日の接待ゴルフは適当なことを言って部長代理に任せて私はキャンセルする。せっかくの太郎くんの頼みだ。喜んで引き受けるよ」


こうして僕らはその夕方から地元の市原バッティングセンターに通い詰めた。さすがに時速140キロともなれば高校生並だ。打てるものではない。しかし、池永の球速に対抗するには、これしかなかった。まさか英児に投げさせて試合前に消耗させるわけにもいかない。

しかし、たった一人例外がいた。英児だ。子供の頃から広大おじさんの速球を打っていたあいつは、何度も鋭い当たりを飛ばし、皆をあきれさせた。

「どれだけ才能があるんだよ、あいつは」

何も知らないメンバーはそうぼやいたが、僕は知っている。英児がどれほど練習を積み重ねてきたかを。英児は天才的な野球センスを持ってはいたが、それ以上に人の数倍は努力を重ねてきているのだ。

そして、140キロのボールに次に反応出来たのは、ほかならぬ僕であった。英児の剛速球をいつも受けてきたからだ。

「太郎、お前、やっぱりすごい奴だよ」

坂本も、中島も、松井も口をそろえた。

「今度の試合、おそらく仁成は英児を徹底的に歩かせに来るぞ。太郎、お前が5番だ」

打順を決めるのはいつも主将の坂本だった。こうして、当日の打順は決まった。

1番センター松井、2番セカンド桜井、3番ショート坂本、4番ピッチャー沢村、5番キャッチャー湯浅、6番ファースト中島、7番ライト松原、8番サード富樫、9番レフト大場。

2年生は桜井と大場で、あとは全員3年。左打者は英児一人だったが、これが精いっぱいの打順だった。

土曜には、ゴルフをキャンセルしてまで広大おじさんがやってきてくれた。谷本先生は何度も頭を下げた。

「沢村さん、申し訳ない。お忙しい中をわざわざ」

「何をおっしゃいますか。いつも息子がお世話になっておりますから、これくらいのことはさせてください」

その日、広大おじさんの鋭いカーブを全員が打たせてもらった。これまた、まともに打てるのは英児一人だった。

（まずいな。やっぱり池永のカーブを打てるのは英児だけかもしれない。せめて坂本がなんとかしてくれるといいのだが）

弱気の虫が頭をもたげたが、僕は自分に言い聞かせた。

（何を弱気な。僕が打つんだ。池永メモにはカーブを投げるポイントが書いてあった。あの知識を逆に利用すれば、打ち方も分かるはず）

僕は必死にノートを読み返しながら、それを鞄にしまい込んで打席に入った。

「お願いします！」

広大おじさんのカーブは大きく鋭い変化だったが、僕は打席の一番手前に立って変化しきる前に叩くことを試した。そして十数回振ったところで、初めて金属バットが快音を鳴らした。左投げの広大おじさんのカーブを、逆らわずライト前にはじき返したのだ。

「いいぞ、太郎君、その調子だ」

この練習は夕暮れまで続き、試合を迎える夜がやってきた。

自宅で僕は食事を軽めにすませ、いつもより早く眠った。明日が中学野球最後の試合になるかもしれないという不安は、打つ手をすべて打つことで消えていたから、すぐに眠りに落ちた。

迎えた4回戦、市営球場には多くの応援が来てくれた。それでも、マンモス校の仁成学園中から見れば半分にも満たない動員だ。いたし方あるまい。これが公立中学校の悲しいところだ。3年生はもう受験勉強を始めている人も多い。何しろ仁成は中高一貫教育校だから、受験の心配はない。声援では圧倒的だが、僕の相棒にはそんなものは通じない。何しろ、どう叫んだところで英児には何も分からないのだから。ただ、この頃英児はすでに読唇術まで身に着け始めていた。聴覚を補うかのように発達した視覚で、相手チームのベンチ内の会話などを理解してしまうのだ。本当に末恐ろしい奴だった。

プレイボールの声がかかった。坂本は、まず強力打線の仁成を黙らせるために、後攻を選択した。英児の登場だ。

今日の英児にはリミッターを外すことだけを伝えてあった。変化球も、ある程度は投げてくれ、パスボールになったら僕の責任だ、と。

主審の腕が上がって相手チームの先頭打者が審判に一礼して構えをとった。

(さあ、驚けよ！　英児は今大会で本気を出したことはないんだ)

初球が高めに外れたが、恐ろしいスピードだった。先頭打者が顔面蒼白になっているのがすぐに分かった。おそらく、偵察の情報とはけた違いのスピードに手が出なかったのだろう。もう、これでこの打者は、今日は打てまい。

1回表の仁成は、瞬く間に三者三振にきってとられた。英児は変化球を解禁し、長い指で器用に投げるサークルチェンジで3番の強打者もあっけなく三球三振に仕留めた。

「よし、いいぞ！」

坂本が大声をあげてダッシュでベンチに戻るよう指示を出した。この勢いで、難敵・池永を攻略したい。

しかし、そうは問屋が卸さなかった。池永雄太は、上背は英児ほどではないが分厚い胸板をしており、鍛え上げた肉体がはじけそうな感じだった。ストレートは思いのほか速くはなかったが、とにかく重い。打球が前に飛ばないのである。

松井も桜井も続けて内野ゴロに倒れた。

「どうだ、感覚は？」

「いや、重いんだ。たぶん球の回転が少ない。パワーで押し込んでくる感じだ。やっぱりビデオだけでは分からないよな」

松井ほどの選手がそういうのだから、相当なものなのだろう。

「坂本、なんとかしてくれよ！」

「キャプテン、カーブ気を付けてください！」

「おう！」

坂本はミートのうまさがチーム一だったから、この打席は粘って7球投げさせた。しかし、カーブを流し打ったもののライトフライに倒れ、初回は終わった。

「これは投手戦になるな、君らの言った通りだ」

谷本先生もつぶやいた。そして、2回の表も相手を完璧に抑え、その裏日吉南は4番英児の登場となったが、予想通り池永はストライクをまともに投げてはこなかった。最初から申告敬遠というわけにもいかなかったのか、勝負の体裁をとってはいたが、間違っても長打にならないコースばかりに投げてきた。

(予想通りとはいえ、これをやられるときついな)

結局英児は一塁に歩き、僕は送りバントで英児を進塁させた。だが、パワーを誇る中島でさえ、池永のボールをとらえきれず、この回も無得点に終わった。試合はお互いに決め手を欠いた状態で、無得点が続いた。池永は鍛え上げた体で打撃も優れているという評判だったが、英児の敵ではなかった、打者としては。

(これまでビデオをさんざん見てきたけど、池永に穴があるとすれば、これしかない)

僕は思いついた作戦をキャプテンの坂本と谷本先生に耳打ちした。

「バント戦法、やりましょう。池永はあの図体です。彼に取らせて消耗させるんですよ」

「なるほど、確かにさっきのセカンドゴロでも一塁へは意外と鈍足だったな」

その回から、4番の英児を除いてほかのバッターはバントの構えを繰り返し、とにかく池永をマウンドから走らせた。そしてバスターで内野へ転がしたりして、ともかく池永を揺さぶることに集中した。

いくら関西方面で投げていたといってもこれだけの投球をする投手の名前が聞こえてこな

いわけはない。どこかに欠点があり、さほどの成績を上げてこなかったに違いない。要するに、体重がまだ重く、鈍足でスタミナに難があったというわけだ。加えて、見たところフィールディングもお世辞にも上手とは言えなかった。そして、スタミナ勝負なら、こっちに分がある。あれだけ葉山合宿で砂浜ダッシュを繰り返してきたのだから。回を追うごとに、池永の表情に変化が現れた。不敵な面構えが徐々に真剣になり、ときおりは肩で息をするようになってきた。狙い通りだ。

そして7回、最終回の表にようやく作戦が実った。ここまでうちは1ヒット、1フォアボールだったから、ラストバッターの大場からの攻撃になった。

大場はここでも何度もバントの構えをしてはバットをひき、池永を揺さぶった。カウントは3ボール2ストライクからファウルが続いたのち、ようやく来たのだ、甘いボールが。大場の初ヒットは池永の脇をすり抜けてセンター前に抜けたが、本来であれば池永のリーチなら取れるはずの打球だった。スタミナ切れは明らかだった。

ここまでいけば送りバントはもったいない。松井も強打で続いて、ノーアウト一、二塁になった。4番の英児を歩かせるとしたら、坂本を切るしかない。しかし、坂本はそんなやわな選手ではなかった。意表をつくセーフティーバントに、もはや顎が上がってしまっている池永はなすすべがなく、ノーアウト満塁で英児を迎えた。これで敬遠は使えない、はずだった。しかしここでなんと仁成学園中ベンチは申告敬遠をした。1点を献上してもいい、というわけだ。

「僕も甘くみられたものだな」

ふつふつと燃えるものがあった。この試合は、僕が決めてやる。そう思った。申告敬遠とはいえ、フォアボールである以上、次打者の初球はストライクを取りたいはず。それも球速が落ちてきたまっすぐではなく、カーブだろう。僕はストライクをとるカーブ1本に狙いを定めて打席に入った。

池永雄太の失投だった。初球のカーブは肩口から緩やかに曲がる、いわゆるハンガーカーブで、最も打ちやすいボールだった。僕の打球は外野手の頭を超え、あわや本塁打という打球だった。一挙に3点を叩き出す2ベースヒットになった。しかもノーアウト。

仁成学園中は、ここで池永を諦めた。相当な屈辱だったろう、池永雄太は恐ろしい形相で僕をにらみつけてきた。

（こいつ、相当な負けず嫌いだな。これから先、厄介な相手になるぞ。やれやれだ）

結局この回には2番手投手を攻めてさらに2点が入り、7回表で試合は5対0になった。いかに野球は終わってみなければ分からないとはいえ、これはさすがにセーフティーリードだった。何しろ、こっちには沢村英児がいるのだ。

試合は、仁成学園中の4番・金子が意地の1発で1点を返すのが精いっぱいだった。英児の前に、いや、僕らの前に強豪仁成学園中は5対1で敗れた。

宿命のライバル対決を制した僕らはやはり関東大会に駒を進め、全国大会にも進出。2回戦で敗れたものの、中学野球最後の年は過去最高の成績を収めることが出来た。

第三章　サイレントエース誕生

僕ら3年生は、進路を選択しなければならなくなった。僕は当初の目標通り、県立日吉台高校を第一志望に、浪人をするわけにもいかないので私立高校を併願受験することに決めていた。

主将として僕らを引っ張ってきた坂本は、名門校受験に燃えていた。

「やるだけやってみるさ。だめでもともとだよ。これから必死で勉強するぞ」

真紀さんも日吉台を受験すると聞き、中島、松井はそれぞれ強豪校の誘いに乗って進学先をほぼ決めていた。

「英児はどうする気だろう?」

学年トップクラスの成績を維持し続けていた英児がどんな進学先を選ぶのかが皆の関心事項になった。

そんなある日のこと、英児から1本のメールが入った。

(あれ、全国大会からこっち、そういえばほとんど連絡取り合ってなかったな)

僕がスマホを取り出して内容をチェックすると、そこには驚くべきことが書いてあった。

「俺も日吉台へ行く。俺たちは日吉の町の最強バッテリーだぜ。いっちょうジャイアントキリングを見せてやろうじゃないか」

なんということだ。英児は仁成学園高等部も、明王大付属も、あまたの強豪私立にまったく目もくれないというのだ。県立高校の中でも、野球では実績らしい実績もない、中堅校の日吉台を選ぶのだという。

「英児、冷静に考えろ。お前ならプロ野球のスカウトだって放ってはおかない。せめて強豪校へ行け」

「太郎、長い付き合いなのに俺のことをまだ分かっていないな。俺が目指しているのはメジャーだよ。何のために英語の勉強や読唇術までやってきたと思っているんだ。最初からワールドシリーズで投げることを考えてやってきたんだ。日本の大学にも興味はないから、偏差値の高い公立高校にもいかないよ」

僕は唖然とした。こいつ、小学校の頃からそんなことを考えていたのか。とんでもない奴とバッテリーを組んだものだ。

この英児の選択は、学校中に波紋を巻き起こした。谷本先生だけでなく、校長先生も教頭先生も英児を説得しようとしたが、無駄なことだった。都合が悪くなると英児は目をつぶってしまう。そうなったら、英児は梃でも動かない。すさまじい頑固者だった。

大人たちのこうした思惑を歯牙にもかけず、受験シーズンまで英児は意地を貫き通した。そして県立日吉台高校のみを受験し、楽々と合格してしまった。こっちは必死になって受験勉強をしたというのに。まったく世の中は公平なのか不公平なのか。

福田真紀さんも無事に日吉台に合格した。

しかし、ここで悲しいことが起こった。それはほかならぬ坂本について、だった。必死の勉強にもかかわらず、合格した野球名門校を断念するという。理由は、父親の病気だった。もともと、坂本の家には弟と妹がおり、身体の弱い父親に代わって母親が家計を支えていた。その父親が倒れ、家計の状況が逼迫したのだ。坂本は、名門校への進学を諦め、平凡な県立校への進学を決めた。それも、硬式野球部がない、遠地の高校だった。坂本は五人が集まったときに言った。

「いろいろ考えた結果、野球には一区切り付けることにした。もともと、両親には無理を言ってやらせてもらってきた。兄弟の面倒を見ないといけないし、家の手伝いもある。だから、自分で決めた。お前らには事前に相談しなくて悪かった」

僕らは暗い表情で話を聞いたが、たかだか中学生がどうにか言えることではなかった。坂本は寂しさを隠すことが出来ず、途中で言葉に詰まる場面もあった。僕には想像も出来ない重い事態だった。

「何、もうこれで二度と野球が出来なくなるわけじゃない。いつかチャンスがあるかもしれないし、草野球だって、立派な野球だ。いいか、お前ら」

「なんだ？」

「こんなことを言ってプレッシャーかけるわけじゃないけど、お前らには俺の夢を託すからな。甲子園やプロ野球、目指してやってくれよな」

中島、松井はそれぞれ県外の野球強豪校へ進学することになったから、自称日吉南黄金世代は、バラバラになった。それにしても、主将としてその中心にいた坂本がこんな形で道半ばにして断念することになるとは、思いもしなかった。

英児、僕、中島、松井は坂本の夢を引き継いでプレーしていくことを誓った。特に英児は、いっそう闘志に溢れた表情で、僕を通じてこう言った。

「これからは、マウンドで一緒に投げる。二人分の想いを背負って投げるよ。だから、絶対誰にも打たせない」

最後に、誰からというわけでもなく、

「まあお互い、いつかグラウンドの上で会おうや」

それを合言葉に、キャッチボールをしてから僕らは別れた。池永と並んで神奈川の強力なライバルになるはずだった坂本は、こうして高校野球の世界から身をひいていった。僕の喪失感はかなり大きなものだった。

神奈川県立日吉台高校は僕の家からは自転車通学圏内にあり、僕は訓練を兼ねて通学用自転車に重い荷物をわざと積み込んで通学することにした。英児はなんと走って通学するという。10キロは距離があるはずで、いかにもあいつらしいへそ曲がりなやり方だった。

入学式の直後、そこに来ていた福田記者が僕に声をかけてきた。

「よう、太郎君。またうちの真紀をよろしく頼むよ」

「どうも、お久しぶりです」

そのとき、英児が近くにいた。

（ここで英児を紹介するしか、タイミングはない）

僕はとっさに手話で英児に語りかけた。

「この人、真紀さんのお父さんだ。僕に例の池永ノートをくれたり、相手チームの要注意人物を教えてくれたりしてきた。頼む、新聞記者だけど、絶対にお前を変な記事にしたりしない」

しばらく怪訝な顔をしていた英児だったが、池永雄太のことを教えてくれたのも福田記者だったと知ると、ようやく近づいてきて福田記者に頭を下げた。

僕が手話で通訳をした。

「はじめまして。沢村英児です。中学のときは、いろいろと助けていただいて有難うございました」

「いや、試合では何度も見てきたが、本物は背が大きいな。君が剛球投手・沢村英児くんか。うちの真紀も随分世話になっているようだね」

「福田真紀さんはとてもいいマネージャーです。僕らは日吉台でも野球部に入りますが、真紀さんにもマネージャーとして一緒に部活に入ってほしいと思っています」

「分かった。私からも言っておく。これからも娘をよろしく頼むよ」

「はい。よろしくお願いします」

この会話がきっかけとなって、英児は福田記者の取材を受け入れた。あいつにとって生まれて初めてのことだった。

県立日吉台高校の来賓応接室で、野球部監督で国語教師の小林先生、福田記者、神奈川地域新聞社が派遣した手話の専門家とカメラマン、沢村広大おじさん、そして英児が集まり、独占取材が行われたのは春の陽気がただよい始めたある日の放課後だった。僕はあとから様子を教えてもらったが、英児は折り目正しく、普段の傲岸不遜な態度は一切見せなかったという。

取材の内容は英児の生い立ちから野球を始めたきっかけ、これまでの実績などがこと細かいもので、数日のうちに記事のゲラが出来上がった。

記事のタイトルは、

『サイレントエース、甲子園を目指す』

だった。沈黙の世界に生きる一人の少年が、ただひたすらに白球を追いかける真摯な姿をたたえる内容で、障がいを抱える方には勇気を、そういったお子さんを育てている親御さんには励ましを与える素晴らしい内容だった。決して美談ではなく、真実をベースに書き上げられており、障がい者スポーツの世界に一石を投じる記事として、その後神奈川地域新聞社・社長賞を受賞するほどの素晴らしい出来栄えだった。福田記者はその後、この記事をベースに少年野球人口衰退を憂えて、素晴らしい少年野球のドキュメンタリーの書籍をまとめ上げられた。そのサイン本は、今も僕の家宝である。

神奈川地域新聞のスポーツ欄に記載された記事の反響は、予想をはるかに超えるものになった。英児は瞬く間にサイレントエースと呼ばれるようになり、スポーツ雑誌や高校野球特集にその名が顔写真とともに何度も取り上げられた。もともとはずば抜けた野球センスを持った長身で端正な顔立ちをしている16歳の少年である。日吉台高校の野球部練習場には連日女子中高校生が一目英児を見ようと押しかけるようになり、英児はほとぼりが覚めるまでの間、外周を走ったり室内練習場で投球練習を行ったりすることになったほどだ。

監督の小林先生は、学生時代には甲子園出場を果たせなかったものの、東都大学野球の雄・東生大学のエースとして活躍し、登板過多による故障さえなければプロ野球か社会人野球で活躍しているはずの方だった。小林先生は広大おじさんと同世代だったから、お互いのことはすでに知っていた。

サイレントエースの取材の後、小林先生と広大おじさんの間でこんな会話が交わされたという。

「沢村さん、私は投手としては無名で終わった一介の国語教師にすぎません。それは高校、大学では懸命に野球を続けては来ましたし、人一倍の愛情も持っているつもりです。しかし、大学4年のときのリーグ入れ替え戦で故障を隠して登板し続け、選手生命を失った愚か者です。英児君の才能は私から見ても底が知れないほどのものです。良いのですか、こんな私にお子さんを預けても」

広大おじさんはにっこりと笑っていつものように優しい口調で答えた。

「東生のエースだった小林投手の名前はもちろん存じ上げています。私はそのとき都内の大学リーグで投げていましたしね。野球を愛している、それ以上大切なことがほかにあるでしょうか。それに小林先生は故障した生徒の気持ちもお分かりになるはず。どうか、うちの息子をお願いします。頑固者で人の言うことに耳を貸しません。遠慮なく厳しく指導をしてください。ああ、そういえば人の言うことに耳を貸さない、に例外がありました。私たち家族を除いて、たった一人、湯浅太郎君の言うことだけは、しっかり聞く奴です」

この話を福田記者から聞かされて、僕は非常に照れ臭い思いをした。

入部直後から、小林先生は英児も僕も特別扱いはしなかった。普通に雑用を命じ、球拾いも用具整理も僕らは率先して行った。福田真紀さんはマネージャーとして入部し、引き続き僕らをサポートしてくれることになった。なんとも心強い味方だった。ここには、坂本も中島も松井もいないのだ。

とはいえ、1年生同士は瞬く間に仲良くなった。みんなが全国大会に進んだ僕らに一目おいてくれていた。同級生には強豪校からの進学者は誰一人おらず、先輩方にも下級生をしごくような愚かな文化が一切ないところが良かった。小林先生の指導もあったが、先輩たちはいい意味で野球にどっぷりと浸っている感じではなかった。よく話に聞くような「ジュース買ってこい」みたいなことをする先輩は一人もおられなかった。中堅県立高である日吉台の野球部員にはプロ野球志望者などおらず、たいていは高校で野球を引退してしまう人ばかりだった。主将の稲葉さんは成績優秀な生徒会メンバーでもあり、声をあらげて後輩を叱るようなこともなかった。ただし、練習は熱心に行われた。

小林先生が掲げられた野球部のモットーは「どうせやるなら、勝とう。勝つために全力を尽くそう」だった。勝利を目指して試合に挑まなければ相手にも失礼だ、というのがその主な理由だった。派手なガッツポーズは原則禁止とされた。相手に敬意を払うとともに、そんなポーズをとる暇があれば次の塁を狙っていこう、という小林先生の考えによるものだ。服装などには意味のない規制はなく、スポーツ刈り強制はなかった。ただし、部室や練習場の整理整頓、用具の手入れ、ユニフォームなどの洗濯には、小林先生はことのほか厳しかった。

そのため、三名いる女子マネに押し付けることなく、1年生部員はその雑務をこなした。僕はスポーツ刈りを通したが、英児は髪を伸ばし、昔ながらの学ランがことのほか似合った。他校だけでなく、日吉台の女子生徒からのファンレターで下駄箱はいつも空ということはなく、ほかの部員から羨ましがられた。

「おい湯浅、沢村ってあんなにモテるのに、女子に興味ってものはないのか？」

先輩方によく聞かれた。

「それは中学の頃からずっとそうなんですよ。背が高いしエースだったからバレンタインのチョコレートなんか、紙袋いっぱいもらっていましたよ。でも、あいつは甘いものは糖分補給以外には控えているんだ、とか言って野球部員全員に配っていました」

「げ〜、なんて羨ましい奴なんだ。でも、恋愛対象は女子なんだろう」

「たぶんそうです。時々興味を示す相手はいましたから。でも野球最優先、でしたね。何しろあの有名な沢村渉さんが『弟は頑固者だ』って二言目には仰ってましたから」

英児が興味を示した女子生徒を、僕はよく知っていた。ポーカーフェイスで表情にはほとんど出さないものの、野球という共通項で結ばれた人だった。僕は気が付いていたが、英児からは固く口止めをされており、誰にも口外はしなかった。

「あの沢村さんか、K大学の。甲子園にキャプテンで行った方だろう。今やK大学のレギュラーじゃないか。今3年生で、来年のドラフトにかかるって噂だからな。二枚目スターってことで有名なわけだし、プロが放っておくわけないよ」

「そうです。沢村兄弟姉妹は、誰一人とってもルックスも運動センスも全部抜群なんですよ」

「ああ、知っている。お姉さん、テニス雑誌で見たけどすげえ美人な。どっかのアイドル顔負けだぜ。今アメリカ留学中で、もうプロライセンスとったんだろう」

沢村兄弟姉妹の存在を知らない日吉住民はもぐりだといっていい。その知り合いということもあって、僕は鼻高々であった。


春の関東大会に向けた神奈川県大会の日程が迫っていた。小林先生は、ベンチ入りメンバーの中に英児と僕を入れてくれた。

「沢村の実力は皆も知っての通りだ。そして、彼の全力投球を捕れるのは湯浅しかいないのも現状だ。上級生には納得がいかない者もいるかもしれないが、こらえてほしい。勝つために挑む以上、ベストメンバーをそろえるのが私の役目だ。ただし、戦うのはここにいる35名の部員全員だ。いいね」

「はい！」

日吉台は甲子園出場経験などない無名校だったが、小林先生が校長先生の懇願に折れて野球部監督を引き受けてから、万年1回戦負けのチームではなくなっていた。それでも強豪私立校の壁はとてつもなく高い。いまだ、3回戦進出が夏の予選の最高成績だった。しかし、今年は勝手が違う。日吉南を全国大会に導いた沢村英児がいるのだ。中学時代から硬球の練習、木製バットでの練習をしてきた彼は、すでに超高校級の実力を持っているといえた。自分で言うのは気恥ずかしいが、僕とて中学日本代表候補にも入った。残念ながら選抜にはもれてしまったが。英児は太郎以外には投げたくないという独特な理由でU15の代表入りを辞退していた。この頃の英児のフォーシームは、すでに時速150キロを計測していた。加えて、中学時代には試合で使わなかったカーブ、スプリット、スライダー、ツーシームといったブレーキングボールを完全に近い形でマスターしていた。ことにスライダーは高速スライダーといって良いもので、長年バッテリーを組んできた僕が、3球に1球は後逸してしまうほどの鋭さで、英児にとってフォーシームに続く威力を誇るボールだった。

春の大会はいわば新人戦のようなものだ。上位の高校は関東大会に進むことが出来るが、それが夏の甲子園大会に直結するわけではない。細かなルールは僕も理解していなかったが、夏の大会のシード権に影響する程度だろう。最初に述べたように神奈川県は全国屈指の激戦区で、ノーシードだと8回戦程度は勝ち上がらないと優勝はない。シード校になるというのは投手のコマ不足も補えるし、とんでもなく有難いことだ。ちなみに宿命のライバル、池永雄太が進学した仁成学園高等部は昨年の春、関東大会に明王大付属湘南高校とともに出場している。明王大湘南はここ数年最も神奈川で強いといわれ、甲子園の常連として他校に立ちはだかっていた。ほかにも虎視眈々と機会を窺う強豪校がひしめいているのが神奈川県だった。

こうして1年生の僕らは幾度かの練習試合を経て、春の県大会に挑んだ。

結果はというと、2回戦で敗退した。春先はどうしても投手が有利である。打者の練習量が足りていないからだ。1回戦は英児のリリーフ登板で逃げ切ったが、2回戦は得点が取れず2対0で敗れた。英児を打者として起用していれば結果は違っていたかもしれないが、小林先生にはきっと何かお考えがあるに違いなかった。まずは公式戦のベンチに英児と僕を慣れさせる、そういったところだったろう。なんといっても本番は夏の甲子園予選である。

ある日の夕方、厳しい練習を終えてあと片付けを始めた僕に、一人の女性が近づいてきた。随分と大人びていたが、確かに見覚えがあった。

「あ、佐藤先輩じゃないですか！」

僕は大声をあげてしまった。そう、日吉南中でマネージャーだった佐藤ゆかり先輩が日吉台に進学されているとは、僕はまるで知らなかった。

「湯浅くん、随分日に焼けてたくましくなったわね。背も少し伸びたんじゃないの？」

「やっと165センチです。英児、沢村なんかもう185センチ超えているんですよ、まったく不公平ですよね」

佐藤先輩はおかしそうに笑った。

「実は、私、中学のときに沢村くんに振られているのよ。だから今まで野球部の練習、見に来なかったの。ちょっと恥ずかしくてね。でももう2年もたつわけだし」

「そうだったんですか……」

短い会話のあと、連絡先だけ交換して別れた。佐藤先輩は今では野球部とは縁がなく、普通に大学進学を目指している成績優秀な女子生徒だった。

真紀さんが声をかけてきた。

「あれ、太郎君、あの人日吉南のＯＧよね。知り合い？」

「うん、君が入る前の女子マネだよ。英児の奴、あんな素敵な人を振ったらしいんだ、中学時代」

「沢村君は本当に野球一筋だもんね。あの人、確かミス日吉南っていうあだ名まであったんだから」

あとで聞いたが、佐藤先輩は中学卒業間際、手話までは出来なかったので思い切ってラブレターを書いて英児の家のポストまで入れに行ったらしい。英児は丁寧に例の達筆で返事を書いたそうだ。

「すみません。お気持ちは有難いのですが、今は野球のこと以外考えられません」

罪作りな奴だ、あいつも。僕にはそんな経験は一度もないというのに。

「あーあ、僕なんか中学時代全然もてなかったんだけどな」

「あら、あたしがバレンタインデーにチョコレートあげたの、もう忘れたの？」

「ごめん、そんなつもりは。でも、あれは義理というやつで……」

「分からないわよ〜。意外と本命だったりして」

「やめてくれよ、真紀さんまで僕をからかうのかい」

それなら、と僕も初めて英児との約束を破って言った。

「そう言うなら、英児とのことはどうなんだい。あいつはなかなか僕に口を割らなかったけど、僕らの仲なら分かるよ。入学式のとき、君のお父さんに『真紀さんに野球部のマネージャーになってほしい』って直談判していたよ。君だって、手話の勉強までしているじゃないか」

しかし、真紀さんは堂々として臆するところはなかった。

「分かってたんだ。さすがに相棒だね。太郎くんにはいつかバレてしまうんじゃないかと思っていた」

僕は驚いた。英児は最初僕にことが露見したとき、珍しく慌てて口止めをしてきた。バレンタインでたくさんもらっていたチョコも、ダイエット云々みたいなことを言って口にせず、真紀さんからもらった分だけは大切にしていたから、すぐに僕には分かった。口外しないと約束して話を聞くと、中学生の頃には英児の方からアプローチして、メール交換から徐々にお互いの意思を確かめ合っていたのだという。

「私は悪いことや恥ずかしいことをしているつもりはないから、誰にバレても平気なんだけど、英児君がどうしてもって言うからこれまで内緒にしてきたの。だから、太郎くんも内緒にしておいてくれるかな」

僕はもちろん請け合ったが、あのポーカーフェイスでマウンドに立てばお山の大将の英児がここまで恋愛沙汰をひた隠しにしようとしているのが、なんだかとてもおかしかった。

しかしながら、逆に堂々としている真紀さんを見ていて思わずにはいられなかった。本当に、打者の心理は読めるようになっても、女心というやつは一生分からない。今でも、だ。

僕も中学時代は花笑さんに憧れた。背も僕よりずっと高く、福田記者に体格差なんて言い訳だ、という言葉を教わるまでは劣等感にさいなまれており、ろくに花笑さんに話しかけることも出来なかった。今やロサンゼルスを拠点にプロとしてのキャリアをスタートさせている花笑さんは、僕に手が届くような存在ではなくなっていた。次代を担うテニス界の新星とまで呼ばれているのだ。175センチの長身で、外国勢と渡り合えるサービスを持っている花笑さんは、オリンピックやグランドスラム、あるいはフェデレーションカップなどで活躍するであろう選手として期待を集めていた。

この日を境に、僕はメールで佐藤先輩とつながり、勉強の相談や日常の悩みを聞いてもらうようになった。いくら頑張っているとはいえ、目指すM大学への道のりは厳しい。なんといっても、今日本で一番人気があるとまでいわれている大学である。駿河台にあるリバティタワーは僕の憧れの場所になった。いつか紫紺のユニフォームに袖を通すためには、野球だけではなく勉強の成績も上げていかなければならない。我が家の家計は豊かとはいえないから、奨学金のことも今から考えておかないと。佐藤先輩はそういったことに詳しく、野球以外でのアドバイスをくれる貴重な存在になった。野球部の厳しい練習を縫って自宅に帰ると、僕は佐藤先輩に勧められたアプリで一生懸命勉強をした。

この頃、父は市役所で課長に昇進し、母も生保レディーとして成績を上げていた。二人とも留守にすることが多くなり、僕はほとんど自炊状態だった。のちに料理人として生きていくことになるわけだが、この頃には家事は一通りこなすようになっていた。英児との情報交換、キャッチボールも欠かせない日課だった。英児がすべてを投げ打って日吉台を選んでくれた以上、僕も実力を上げていかないといけない。こうして忙しく日々を送る中で、高校生初の甲子園大会予選が迫ってきた。県立日吉台には粗末ながらも合宿所があり、ベンチ入りが決まったメンバーはそこに泊まり込むことになっていた。女子マネは通いだから、炊事・洗濯・掃除は最終的には全部自分たちでやらないといけない。幸い、小林先生は英児と僕をベンチ入りメンバーに加えてくださった。

父は「大丈夫か？　先輩方に迷惑をかけるんじゃないぞ」と心配そうだったが、母は平然としていた。

「大丈夫よ、私が子供の頃から家事を仕込んでいるんだもの。それより、英児君をきっちりサポートしなさいよ。未来のメジャーリーガーなんでしょ。地元の英雄の相棒なんて、私も自慢よ」

こうして大荷物をまとめて僕は合宿所に入った。狭い部屋に二段ベッドが二つ、個人のスペースはそこしかなかった。薄汚れていてなんとも言えない雰囲気だったが、まずは大掃除が1年生の役目になった。とはいえ、1年生は英児と僕だけだった。英児の奴は実家が大金持ちで家に家政婦さんまでいたから、何も出来なかった。掃除は女子マネが手伝ってくれたが、皆口をそろえて言った。

「すごく臭くていやだわ。これだから運動部の男どもってだめなのよ」

しかし、先輩女子マネも真紀さんも、僕のことは褒めてくれた。

「その点、太郎くんだけはマメなものね、料理も出来るし、掃除・洗濯全部やるんだもの。いいお婿さんになれるわよ」

「そうですか？　うちは共働きで一人っ子ですから、子供の頃から母親に尻を叩かれて料理も掃除も洗濯も全部手伝ってきましたから」

夕方になって女子マネが帰宅すると、それこそ大忙しだった。下ごしらえまでは女子マネが手伝ってくれたが、あとは僕一人でほとんどをこなした。時々は小林先生の奥様が協力してくださったが、先生の家にもお子さんが二人いる。いつも頼りにするわけにはいかなかった。

だが、僕の料理はきわめて部員たちに受けが良かった。

「うまいぞ、湯浅、この味噌汁、お前が作ったのか！」

「はい、出汁は最初から入っている味噌を使っていますから、具を入れて温めるだけです。肉じゃがにつかっているもともとのスープも、そばつゆの素を薄めただけです。全部目分量で、いわゆる男の料理ってやつです」

「お前器用だな。あ、すまん、おかわり頼む」

英児が手伝うとかえって足手まといで、野球とは立場が逆転していた。そうして夜になって自分のベッドに帰ると、佐藤先輩に教わったアプリでスマホ勉強をした。この頃の自分は、我ながら本当によくやっていたと思う。

甲子園大会の予選抽選会に、小林先生と稲葉主将が出向いて、その結果が副主将の小久保さんに携帯電話でもたらされた。

「え、まじっすか！」

明らかに絶望的な反応だった。電話を終えたあと、小久保先輩はうなだれてこう言った。

「1回戦の相手、去年のベスト4だよ。横浜中央だってさ。これで終わったよ」

ああ、あのプロ野球選手を何人も出している強豪か。これは確かに厳しい。

「稲葉の奴、くじ運悪いっていうかさ、持ってないんだよな。頭はいいのに」

3年生たちは食堂の座席に座り込んで、皆うなだれてしまった。しかし、そこで2年生の原さんが声をあげた。

「でも小久保さん、うちには秘密兵器がいますよ。沢村が投げてくれたら、分からないですよ。何しろ、あの沢村英児なんですから」

皆がいっせいに振り返った先には、練習に備え着替えをすませていた英児が涼しい顔で立っていた。彼には皆の期待は十分に伝わっていた。いつものように、静かな闘志を燃やしているのが、僕には分かった。あいつは、それを顔に出さないのだ。

サイレントエースは音のない世界のエースであると同時に沈黙のエースであった。対戦相手に心理を読ませない、徹底したポーカーフェイスだった。

大会前の練習もようやく打ち上げを迎え、選手たちは皆たくましく日焼けしていた。最後のしめくくりに、小林先生の訓示があった。

「泣いても笑っても、3年生はこれが最後の大会だ。たとえ初戦で消えようとも、そんなことは気にするな。多くのメンバーはこの大会で野球を辞める。真剣勝負の世界からは去ることになる。でも、この2年半近くもの間、勉強と野球を両立させてきたお前たちを私は誇りに思う。おい、こら、ここで泣くのは早いぞ」

皆がどっと笑った。

「試合が終わってから泣いても遅くはない。大会3日目にうちは横浜中央と当たる。戦力的にはスポーツ新聞にある通り、向こうが圧倒的だ。だが、沢村、湯浅」

「はい」

英児には手話で名前があがったことを伝えた。

「お前らに試合に出てもらう。いつか沢村が言っていたそうじゃないか。ジャイアントキリング、やってみせてくれ。頼むぞ」

英児は話の内容を知るや、満足気にうなずいた。そして先輩方に向かってこう言った。

「当日はよろしくお願いします。バックを信じて、精いっぱい投げます」

僕はその手話を言葉に変えて、先輩方に伝えた。もう、主将も小久保さんも不安そうな表情はなかった。

こうして、怪物高校生、沢村英児がそのベールを脱ぐことになったのである。

横浜中央高校との試合には、サイレントエースを一目見ようと平日にもかかわらず多くの高校野球ファンが詰めかけた。応援団も組織され、吹奏楽部にも動員がかかった。確かに英児には音は聞こえないわけだが、大きな横断幕やプラカードがその声援の代わりとなった。英児に対する期待は大きく、プレス席にも多数の記者が座っていた。その中には、もちろん福田記者の姿もあった。

横浜中央は今年のシード権を逸したとはいえ、かつては甲子園に何度も出場し、有名なプロ野球選手も輩出していた名門校だった。今年もエースの松波さんは神奈川県の有力投手とし雑誌に名前が載るほどで、4番打者でもあった。なんでも明王大湘南の誘いを蹴ってまで入学したという。

「明王だとあまりに選手層が厚く、試合に出ることはおろかベンチにも入れない。だからだろう。まだ2年生だが、プロのスカウトも見に来ているぞ。私が聞いている話では、スカウトは打者としての松波を高く評価しているみたいだな」

小林先生は言った。

「もっとも、プロのスカウトは沢村にも注目しているだろうがね。日本のプロ野球に興味がないと分かったら、各球団はどんな手を打ってくるか」

その点は、僕もおおいに興味があった。メンバー表が交換され、先発する選手が明らかになった。

うちは4番にサードで小久保さんが入り、僕は8番でキャッチャー、英児は9番ピッチャーだった。主将の稲葉さんは右翼で7番。2年生の原さんは三塁で3番に座った。2年生からは原さんがただ一人先発出場し、1年は僕らだけがそもそもただ二人のベンチ入りメンバーで、残りはすべて3年生だった。

日吉台が先攻となって試合が始まると、松波さんのサイドスローから繰り出すキレのいいボールには誰一人対抗出来ぬままあっという間に1回表は終わった。原さんは粘ったが、最後はシンカーだろう。曲がりながら沈むボールに屈した。あれが松波さんの決め球だ。ビデオで研究した以上に鋭い変化球だ。

（さすがはプロ注目のピッチャーだ。球速はさほどないけど、変則的なフォームであそこまで変化球にキレがあるとなれば、普通の高校生では一周り目ではまず打てないだろうな）

キャッチャー目線で僕は分析した。ただし、あとですぐに分かるのだが、投手・松波さんより打者・松波さんの方がはるかに恐ろしい相手だった。実際にはスカウトの評価も打者としてのものだったらしい。

英児がマウンドに上がると、観客席からは異様などよめきが上がった。これがあのサイレントエースか、といったところだろう。

そして肩慣らしのピッチングに皆が度肝を抜かれた。

「速い」「なんてスピードだ」「あれで高校1年生なのか」。誰もがそう言っているのが分かった。これでもまだリミッターは外していない。おそらく、英児が今の段階で全力投球をすれば時速155～6キロくらいは出るのではないだろうか。

そしてプレイボールの声が上がると、相手打線はなすすべもなく沈黙した。おそらく、マシン打撃で相当なスピードボールを打ち込んできただろうが、生きた英児のボールはわけが違う。この幼馴染の僕が、満身創痍になりながらようやく受けることが出来るようになった剛速球だ。サイレントエースの前には、相手打線も静かになってしまうのだ。英児は遠慮なしに高速スライダー、スプリット、ツーシームを織り交ぜた。並みの高校生に打てるわけがなかった。僕もスライダーは受けきれず、後逸した。ランナーが出ていなくて、よかった。結果はもちろん、三者連続三振。球数はわずかに11球だった。松波さんは原さんの粘りで20球は費やしていた。この差が、後々効いてくることになるのだ。

2回は双方とも得点出来なかった。ただし、うちのチームは徹底的に粘った。松波さんに球数を投げさせるためだった。こうして英児をアシストすることがジャイアントキリングへの唯一の方法であることは誰もが理解していた。

そして3回、僕らの打席が回ってきた。主将はあっけなく三振に倒れたが、僕はそう簡単にはいかない。これでもU15代表候補だった。英児の前に出塁して、一泡吹かせてやる。

僕の作戦はセーフティーバントだった。右投げサイドスローの松波さんは、どうしても投げ終わった瞬間に体が三塁側に流れる癖があった。日本を代表する読売ジャイアンツで絶対的なエースとして君臨した大エースは、フィールディングが絶対的に上手な方だった。同じ右投げサイドスローでも、松波さんのような弱点はなかった。当時のジャイアンツ三本柱はもはや伝説だが、エース達のフィールディングはすさまじいものだった。僕はその映像を繰り返し無料動画で見続けて今日に臨んでいる。一塁側に強めのプッシュバントをしかければ、松波さんはまず対応出来ない。一塁手に捕らせればこっちのものだ。ただし、松波さんほどの相手だ。意表をつかねば成功は難しい。

（狙いは、無警戒の初球だ）

僕は小林先生の許可を得て、わざと大げさな素振りを何度も繰り返して打席に向かった。こう見えて足には自信がある。葉山の合宿で砂浜ダッシュをやらせたら、僕は誰よりも速かったのだ。

そして松波さんが振りかぶって初球を投じた、その瞬間、僕はすかさずバットを寝かせて一塁側に強めに打球を転がした。一塁手はまったくの無警戒で、ボールを捕ることすら出来なかった。

二塁手がベースカバーに入ったが、無駄だった。一塁手がお手玉したボールが無造作にグラウンドに転がっていた。

こうして、英児の前に塁に出ることに僕はまんまと成功した。さて、打者・沢村英児のことは、横浜中央はどこまで知っているだろう。マスコミ嫌いで取材に応じたこともなく、英児の情報は少ないはずだった。福田記者の記事には、打者・英児のことはほとんど触れられていなかったのである。

松波さんのサイドスローに対して、英児は左打者だ。セオリーからいえば英児は有利である。松波さんに胸元をえぐるクロスファイアでもなければ、英児の優位は動くまい。

結果は、予想を超えるものになった。平行カウントからアウトコースいっぱいを狙ったストレートを、英児は高々とレフトスタンドへ打ち返した。打球は美しい放物線を描いて、スタンドに飛び込んでいった。わが校の応援団が陣取る三塁側応援席は沸きに沸いた。観客席も同様だ。それは驚異的な出来事だったのである。僕以外からすれば、の話であるが。

あの好投手、松波さんから1年生がいきなり本塁打を放ったのだ。それも逆方向へ、だ。英児は無表情でダイヤモンドを一周した。先にホームインした僕とは、小さくタッチしただけだった。これが高校生活で30本以上の本塁打を放つ、沢村英児の記念すべき第1号だった。松波さんはさすがにショックを隠せない様子だった。相手ベンチも、相手の監督も、まさか英児がこれほどの打者であるとは思いもしなかっただろう。

「やったな、沢村、よくやった！」

先輩たちは大喜びで英児を出迎えた。まさか強豪・横浜中央から先制出来るとは誰も思っていなかったのだ。

「さあ、みんな。喜ぶのはここまでだ。試合は始まったばかりだぞ」

小林先生が浮かれたベンチをびしっと締めた。

「投手というのは、一発は意外とこたえない。忘れてしまえるものだ。それよりも、初回の原だ。ああいった粘り強くこつこつやられるのが一番こたえるんだ。いいか、粘っていけよ。フォアボール、狙っていけ」

小林先生の指示で、皆が粘りの攻撃を見せ、松波さんを揺さぶった。この回なんと21球。明らかに多い球数だった。

それに比べ、英児はコントロールも優れていた。僕はこの回からスピード重視のリードをコントロール重視の省エネ投法に切り替えさせた。打たせてとるピッチングだ。剛速球は十分見せつけた。今度は変化球勝負だ。

英児の得意なサークルチェンジに、面白いように打者は引っかかった。チェンジアップは肩や肘に負担が少ないため投手に都合が良いうえ、打者から見ればやっかいこの上ないボールである、英児のそれは、打者の手元で沈むタイプだった。内野ゴロが次々に飛んで、ランナーはなかなかたまらなかった。

試合が5回まで進んでも、横浜中央のヒットはわずか3安打。それも散発で連打はなかった。とはいえ日吉台も英児の一発による2点のみ。松波さんも英児との無理な勝負は避けるようになっていた。

「追加点がほしいな」

小林先生がつぶやくように言った。英児を援護したい打線はたびたびフォアボールを選んではいたが、得点には結びつかなった。試合は6回表。この回の先頭だった2番の井上さんに、小林先生は指示を出した。

「ちょっと汚い手だけど、ユニフォームをだぶつかせて、思い切りホームベースにかぶさって構えてくれ」

ああ、サイドスローの松波さんからデッドボール狙いか。果たしてそううまくいくものだろうか。

しかし、この作戦が当たった。ユニフォームにわずかにボールがかすって、井上さんは一塁へ出塁した。ここでタイミングが合っている3番の原さんに打順が回った。

送りバントのサインはなかった。小久保さんはまだ今日全然当たりが出ていないし、わざわざアウトを一つ献上することもないということかもしれない。

（あ、盗塁のサインだ）

僕は驚いた。確かに松波さんのフォームには右に体重がぶれるという欠点がある。しかし、そうやすやすとこのバッテリーが盗塁を許すだろうか。

カウント1－1、そこで井上さんはスタートを切った。得意のシンカーでうるさい原さんを打ち取ろうとしたバッテリーの思惑が裏目に出て、見事に盗塁は成功した。

そこで原さんは送りバントを決めた。1死三塁で今日当たりがない4番の小久保さんを迎えた。しかし、状況は変わってきていた。球数がすでに100球を超えかけている松波さんのボールは、明らかに威力を失いつつあった。

小久保さんは簡単に犠牲フライを打ち上げ、井上さんは俊足を飛ばして本塁に生還し、貴重な3点目が追加された。

正直、これで勝負は決まった。今日の英児から4点取れるチームは、まずない。

結果、9回3対0でジャイアントキリングは達成された。英児は5安打完封、わずか90球で試合を締めた。打っては本塁打、投げてはこの活躍。これが完全に実力を出し切ったサイレントエースの姿だった。

試合終了の挨拶後、松波さんが僕に近寄ってきた。

「よう、今日はすっかりやられたよ。確か沢村君は耳が聞こえなかったんだよな」

「はい、まったく」

「じゃあ、伝えておいてくれ。今日は完敗だ。だが、俺にはまだあと1年残っている。必ずこの借りは返すってな。湯浅君、また試合をやろうぜ」

「はい、是非。こちらこそ有難うございました」

泣き崩れる横浜中央の3年生たちの中で、2年生エースの松波さんは威風堂々としていた。英児から3安打したのは、さすがだった。確かに投手としてもすごかったが、打者としての方が、はるかに恐ろしい存在だった。フォームの癖を克服してきたら、次は英児が投げても勝てるかどうかは分からない、と僕は思った。

この大番狂わせは、全国的に報道された。あの横浜中央が1回戦で姿を消した。しかも1年生バッテリーの前に屈したわけだ。神奈川県大会で、日吉台は今や完全に台風の目になっていた。高校野球専門誌は、こぞって英児の特集記事を組んだ。投げては時速150キロを超えるストレート、キレのいい変化球。打っては豪快な本塁打。それでいてクールないでたち。中には女性向けの雑誌の特集もあった。母から聞いた話だが、英児をアイドル扱いしているのだそうだ。

「英児くん、二枚目だもんね。女性ファンの反響、すごいらしいわよ」

「アイドルまがいじゃないいか。あいつ、今は野球一筋だよ」

「そこがまたいいのよ。私だってあと20歳若かったら、分からないわよ」

「やめてよ、お母さん、気持ち悪いな」

報道の過熱は収まらなかった。続く2回戦、英児は先発しなかったが、それでも彼目当てに大勢の高校野球ファンが平日の試合にもかかわらず押し寄せていた。遠くにテレビ番組の撮影クルーがいるのも見えた。

「おい、テレビまで来てるぞ。あれ、全部沢村目当てか？」

小久保さんも原さんもあきれ果てたといった感じだった。

稲葉主将が言う。

「おい、マスコミは関係ない。まずは今日の試合に勝つぞ。中村、お前、先制点やるんじゃないぞ」

「分かっているって、稲葉。うちは打線が今いちだからな」

「そういう言い方をするな」

　1回戦で大物食いをしただけに、先輩方の表情は明るかった。2回戦の相手は県立浦部高校。日吉台と同じくノーシードで、1回戦は延長の末タイブレークで勝ち上がってきたチームだ。データ通りなら、横浜中央とは比べものにならない平凡なチームだった。

　小林先生は英児をレフトで先発させ、打順を5番にした。僕はこの試合、控えに回った。横浜中央を倒した勢いそのままに稲葉主将は先攻を選んだ。そして、相手投手を早々と攻略した。1回戦から乗りに乗っている原さんがツーアウトからツーベースで出塁すると、小久保さんが粘ってフォアボールを選んだ。さあ、英児の登場だ。満席に近い県営球場は盛り上がった。

「あれが松波からホームランを打った沢村だ。打者としても天下一品の素質だ」

　そんな声が聞こえてきそうだった。相手投手のボールは、球速はそこそこだったが、決め手になる変化球にこれといったボールはなく、英児の敵ではなかった。ノーボール1ストライクからの2球目、英児が引っ張った打球は一塁手の横を鋭く抜けて、ライト線へ。完全に長打コースだった。右翼手がクッションボールの処理に手間取るうちに、原さん、小久保さんが悠々と生還し、英児は快足を飛ばして三塁に滑り込んでセーフ。2打点を挙げる三塁打となった。

　そのあとも6番に入った稲葉主将がタイムリーを放ち、初回は3点を先制した。先発の中村さんは緩急をうまく使う軟投派で、キャッチャーの宮島さんとは長年の付き合いで呼吸もぴったりだった。のらりくらりと相手を打たせて取り、5回まで相手につけいる隙を与えなかった。5安打を浴びたが、点さえ与えなければ問題はなかった。その間、打線も小刻みに得点を重ね、6対0になっていた。

「コールド、狙おうぜ」

あの生まじめな稲葉主将が言い出した。冗談ではないだろう。8回までに7点差つけば、コールドゲームになる。

「よし、やってやろうぜ。俺ら、去年コールド負けくらってるからな、お返しだ」

「相手は違うチームだけどな」

軽口が出るほどベンチのムードは良かった。そして、そのコールドゲームを決めたのも、やはり英児のバットだった。満塁からの走者一掃のツーベースで得点は9対1となって、試合は7回コールドゲーム。サイレントエースの投球を目当てにしてきたファンからはため息がもれたが、打者・英児の実力は完全に証明された格好になった。

「沢村、今日もお前のおかげだよ」

先輩方は皆英児に握手を求めたり、肩を叩いたりして称賛した。英児は表情一つ変えなかったが、嬉しそうなのは僕にだけは分かった。

これで、ともかくも日吉台は過去最高に並ぶ3回戦進出を決めたのである。小林先生が試合後に皆を集めて訓示をした。

「みんな、今日もよくやってくれた。だが、厳しいのはこれからだ。3回戦からはシード校が出てくるわけだからな。次の相手は、東光学園だ。みんな、並大抵の相手ではないぞ。データ分析、しっかりやっていこう」

次の試合まではあと4日しかない。どこまで情報が集まるか、そこがカギだった。満席に近い球場のどこかに東光学園の偵察隊がいたに違いなかった。投手・英児を温存出来たことは大きかった。

合宿所に戻り、食堂でさっそく作戦会議が始まった。

「監督、うちに春季大会の東光の試合のビデオがあります」

原さんが言った。

「そうか、それは有難い」

「うちの父が根っからの高校野球好きで、もしかしたら役立つかもってことでホームビデオで撮影していたんです。それ、このあと家に取りに行ってきます」

(助かる。そのビデオ、徹底的に分析だ)

合宿所に電車で戻ると、全員軽く汗を流して食堂に集合して、東光学園対策のミーティングがさっそく行われた。

内野席から撮影されたビデオは、なかなかよく撮れていた。エースの笠原投手はやはり神奈川県でも注目されている投手の一人で、右投げの技巧派だった。与四球が少なく、春の大会ではベスト8止まりで関東大会出場は逃したものの、シード権を確保していた。打線は切れ目がなく、どこからでも得点出来る印象だった。ただし、一発長打というよりはチャンスに集中打、というイメージで、大物選手がいない分、実に試合運びが巧みだった。矢代監督はベテランで、勝つためには手段を選ばないという悪い評判もあったが、それだけ実績は挙げていた。

「さすがは矢代監督、毎年きっちりチームを仕上げてくるな」

小林先生もうなった。

「でも先生、けっこうサイン盗みとかやるチームだって聞きますよ」

先輩が声をあげた。

「それだけじゃない。隠し玉とか、わざとデッドボールを当てにいくとか。とかく評判があるよ」

「まあ皆、滅多なことを言うものじゃない。証拠があるわけではない」

小林先生が諌めた。しかし、相手チームの強打者を全打席敬遠するなど、確かにやることはかなりえげつない監督であることは僕も聞いていた。東光と真正面からぶつかり合うには、英児の力が必須だった。

（ただ、打者としての英児も、投手としての英児も、もう徹底分析されているに違いない）

僕は内心、そう覚悟していた。

私立の強豪校は100名を超える部員がいるケースもあり、それは東光も例外ではなかった。噂ではデータ分析専門のスタッフも数名いて、高性能なPCで相手を徹底的に丸裸にするということだった。

その日、僕は久々に福田記者に電話した。

「よう、久しぶりだね。太郎君。東光、やはり気になるか」

「はい。噂では勝つためには手段を選ばないといいます。ビデオは分析しているんですが、そのあたりはビデオだけでは何とも言えません。ブラッシュボールやサイン盗みなんかはどんどんしかけてきて、でも今まで故意にやったと分かったことはないといいます。うちにしかけてくるとしたら、英児しかいません。あいつは今までフォアボール攻めには慣れていますが、ぶつけてこられると……」

「矢代監督はいくつもの高校を渡り歩いてきた本当のプロの監督だ。甲子園請負人なんていい方もされている。東光では3年前から監督だよ。矢代監督自身というより、チームを動くたびに連れていく腹心のコーチがいてね。五十嵐というまだ30代の若者なんだが、こいつが手段を選ばない。選手にはレギュラーや先発出場を条件に、どんな手でも使わせている。矢代さん自身は、そういうダーティなタイプではないと僕は思う。五十嵐コーチは教員資格もないしベンチ入りもしない。監督にはそういう汚い野球のことは断りなしでやっているんじゃないかな」

東光相手には英児の先発はすでに決まっていた。シード校相手にはすでに実質的エースだった英児をぶつけるしかない。それは小林先生も明言していた。先発マスクをかぶるのも、僕に決まっていた。英児には、この汚い野球の情報をどこまで伝えるべきか。

「英児は、野球に関しては非常にまじめな奴なんです。そんなことをする人がいるなんてことを、どう伝えればいいんでしょうか？」

「太郎君、こればかりは防いで防げるものではない。英児君にはかえって黙っておいた方がいいんじゃないか。それよりも実力を十分発揮させてあげるように余計な心配をさせないことが相棒である君の役目だよ」

もっともな話だった。電話のあと、英児とは東光打線の特徴、切れ目ない集中打にどう対応するか、それだけを話し合って、大まかな配球をどうするかについて綿密に取り決めた。試合までさほど余裕はない。それだけであっという間に試合当日を迎えてしまった。

東光学園戦は、やはり多くの野球ファンで球場が埋まっていた。休日開催ということもあってか、スタンドはほとんど満席に近かった。

華々しいデビューを飾った英児、そして強豪・東光学園の強力打線の対決が主な見どころだといえた。

先発メンバーを確認すると、東光学園は初戦とは思えないベストオーダーを組んできた。

春の大会ではチーム打率がなんと3割6分もあり、本塁打は少なかったが隙のない相手といえた。英児を意識してか、上位打線にはずらりと右好打者を並べ、先発には技巧派の3年生右腕・笠原投手の名があった。

「東光はベストメンバーを組んできたな」

小林先生がそうつぶやいた。この頃の僕は、ベンチでほとんど小林先生の近くに座っていた。投手心理を学ぶためであった。

英児の体調は万全で、普通であればいかな東光学園といえども大量点は難しいはずだった。英児はこの日も5番ピッチャーで先発、僕は7番キャッチャーに抜擢された。

「湯浅、頼むぞ。ここのところ、お前のスイングは鋭さを増している。小久保や沢村は警戒される。歩かされたら、お前が彼らをホームに還すんだ」

小林先生の励ましに、僕は奮い立った。僕らは、先攻になった。

プレイボールの声が上がると、笠原投手はゆっくり大きく振りかぶって初球を投じた。軟投派といわれているが、球速は時速130キロ台後半は出ていそうだった。多彩な変化球を繰り出し、フォーシームは全体の半分もない、というのが集まっている情報だった。先輩たちはストレートに的を絞っていたが、結局初回でそのフォーシームは数球程度しかなく、あっけなく3人で攻撃終了となった。2番の井上さんがフォアボールを選んだものの、3番サードの原さんは粘りが身上でここまで絶好調だったが、遅いボールであっさりとセカンドゴロ併殺打に倒れてしまった。

初回のマウンドに上がった英児は、落ち着き払っていた。これまでで一番体調がいい、とベンチでは話していた。ブルペンでも球がよく走り、こんなときにありがちなマウンドでは荒れる、そんなことがないよう僕は気を引き締めた。相手はなんといってもシード校である。

そして、英児は初球からフルスロットルだった。剛速球がびしっと決まり、得意のサークルチェンジも切れ味が抜群だった。

（いいぞ、押せるところまで押そう。手の内を隠して勝てる相手でもない）

僕はそう思って、フォーシームをどんどん要求した。東光のしつこい打者も、英児の前になすすべなく三者凡退に倒れた。

そして2回、4番の小久保さんを迎えた。小久保さんも調子を上げてきており、期待が持てる、そう皆が思っていた。

しかし、小久保さんも笠原投手の術中にはまった。立て続けに投じられたスローカーブにタイミングが合わず、最後はおそらくカットボールだろう、鋭い変化球に三塁ゴロに倒れた。

ここで県営球場にどよめきが上がった。あの好投手、松波さんから本塁打を放った英児が左打席に姿を見せたからだった。英児は、どう笠原投手を攻略するのか。観衆のどよめきは、おそらくはそんな期待からであった。しかし、である。

ここで大きなアクシデントが起こった。ストライクゾーンにまったく投げ込んでこない様子から、僕は勝負を避けていると思い、ベンチ裏に下がってバットを振っていた。そのとき、ベンチから大きな声が上がった。

「おい、大丈夫か⁉　沢村！」

先輩たちの悲痛な叫び声に、僕は慌ててベンチに戻った。すると、打席には苦悶の表情を浮かべて倒れている英児の姿があった。皆がいっせいにベンチを飛び出した。

「笠原、てめえ、わざとぶつけやがったな！」

井上さんの怒号を、小林先生が珍しく厳しい声で制した。

「よせ！　井上！　笠原君だって帽子を取って謝罪しているじゃないか」

「でも、先生」

「いいから、早く沢村の様子を見に行くぞ」

英児は、一人では立ち上がることが出来なかった。デッドボールは彼の生命線ともいえる左手首を直撃したということだった。

(ブラッシュボールだ。故意に違いない)

僕は笠原さんを睨みつけた。彼は目をそらし、平静を装っていたが、あれは嘘を隠している人間の態度だった。

結局、英児はこの回で退いた。病院には真紀さんが同行するとのことで、急遽タクシーが呼ばれた。英児もだったが、僕には真紀さんのことが気にかかった。気丈な態度で振る舞っていたが、苦しむ彼を見ていて平静を保てるわけがない。

結果、東光学園戦はそこですべてが終わってしまった。3年生の中村さんはスクランブル登板に準備が整わず、東光打線に大量点を献上。頼みの原さん、小久保さんは笠原投手の前に無安打に終わった。僕は意地の一振りで高校初本塁打をバックスクリーンに運んだが、反撃もそこまでだった。10対2の6回コールドゲームで、日吉台は予選3回戦で姿を消した。3年生は皆が悔し涙を流していた。証拠はないが、あのデッドボールは絶対に狙ったものだ。こんな形で負けるとは、僕も悔しくて仕方がなかった。

(汚い手を使いやがって。五十嵐という奴はどいつだ)

東光学園応援席で独特な雰囲気をかもしだしていたユニフォーム姿のサングラスをかけた男性がいた。確かに大勢の野球部員に交じってはいたが、明らかに高校生ではなかった。

(あいつだ。こんな汚い手を使ってまで甲子園に行きたいのか)

甲子園には魔力がある。そこに出場出来るだけで全国に名が知れ渡る。ましてや激戦区・神奈川からの出場ともなれば話が違う。おそらく五十嵐コーチは名監督のもとで下積みをし、甲子園出場を手土産に自らも有名校の監督になりたい、といったところだろう。それにしても、投手の手首を狙うブラッシュボールとは。

小林先生の携帯に真紀さんから連絡が入った。

「左手首が折れている。手術が必要らしい」

小林先生の表情も沈痛そのものだった。全治何か月か分からない。それより、僕はイップスも心配だった。デッドボールへの恐怖から、英児は打席に立てなくなりはしないだろうか。

「さあみんな、次のチームが待っている。荷物を片付けて、学校へ戻ろう」

静かに小林先生が促した。

僕たちの高校1年生の野球は、これで終わった。英児の手首は複雑骨折で、オペは無事に終わったものの、投げるには数か月のリハビリが必要という診断が下った。

合宿所を引き上げるときも、チームメートは皆どこか悲しげだった。英児の活躍に胸を躍らせ、松波さんとの素晴らしい対決に歓喜したあのチームの姿はどこにもなかった。あの東光学園のブラッシュボールは、当てに行ったのではなかったかもしれない。ただ、投手であり打撃の中心でもある英児を脅す意図は明らかだった。そして僕がスタンドで見かけた五十嵐コーチ（のちに福田記者の情報で、間違いなく五十嵐コーチ本人であることが分かった）は、英児が倒れ、担架で搬送されても座ったまま特に慌てた様子はなかった。

（あの男だけは許せない）

確かに勝負をやるからには勝ちにいこう、というのは小林先生も言われていることだったが、どんな手段を使ってもいいわけではない。

ただ、皆の意図を見透かしたように合宿の最後の言葉が小林先生からあった。

「3年の皆、よくここまで頑張ってくれた。稲葉、主将としてよくチームを引っ張った。文武両道のお前を、主将に選んだ私の目に狂いはなかった。小久保、副主将、お疲れさん、井上、お前のガッツがチームを救った。そして」

ここで小林先生は言葉を詰まらせた。若干目がうるんだようにも見えた。

「全員を挙げていたら時間が足りない。3年生諸君、君らは立派に戦った。最後の試合は残念な結果になったが、君らの志は新チームが必ず引き継ぐ。新しいキャプテンは、原だ。いいな」

「はい、僕で良ければ」

3年生はほとんど全員が泣いていた。そして主将の稲葉さんから挨拶があった。

「出来ればもう少し、このチームで野球がやりたかった。でも、勝負事だから、仕方がない。みんな、東光と来年当たっても、やり返そうなんて思わないようにな。正々堂々、勝負を挑んで、プレーで決着をつけてくれ。ここに沢村がいないのが残念だ。3回戦までいけたのはあいつの存在抜きには考えられない。あとで、見舞いに行こう。ただし、一番ショックを受けているにはほかならぬ沢村だ。落ち着くまで、湯浅、親友のお前がマネージャーと一緒に出来るだけ励ましてやってくれ。僕らはそれからにする。最後になったが、こんな僕についてきてくれて有難う。僕はもうこれで野球とはお別れだが、日吉台でやれてよかった。また、大学に入ったら応援しに来るし、そのうち草野球でもやろう。よし、解散だ」

「おう！」

皆が稲葉さんを校庭に連れてゆき、泣きながら胴上げをした。稲葉さんは実家が内科の開業医で、跡取り息子の稲葉さんは医学部を受験するためにこれから猛勉強が待っている。小久保さんは東京の私大を受験されるがやはり野球は引退、井上さんだけは唯一東都六大学野球のセレクションを受け、二部リーグの薬師大学に推薦で進むことが決まっていた。ほかの3年生は、僕が知る限りはほとんど全員が進学希望で、就職する方が二人だった。3年生たちのことを思うと、ああいう幕切れは切なかった。

合宿が解散して自宅に戻った僕は、さっそく真紀さんと二人で英児を武蔵小杉駅に近い東横医大病院に訪ねた。道中、僕は真紀さんの心情を慮って言った。

「大丈夫かい？　僕はあの試合のとき、英児のこともそうだったけど、君のことも気にかかったよ。あいつ、かなり痛がっていたもんな」

「それがね、彼ったらすごく立ち直りが早くて。先生から手術が成功したことと、リハビリさえ順調なら元に戻れるって聞いたら、もう気持ちの切り替えに入り始めて。私の方がどうしていいか分からなかったのに、取り乱すなって言うの。私はまだ手話が十分出来ないし、彼も利き腕が固定されているからメールも打ちづらいわで、コミュニケーション取るのに困ったんだけど、それでも何度もメールをくれて、私の方が励まされたくらい」

僕はその話に英児の成長を感じずにはいられなかった。昔から負けず嫌いで自信満々な奴だったが、傷を負った自分を差し置いて、周囲に気を使えるような人間になっていたのか。

この成長は、真紀さんの存在によるものかもしれない、そう思った。

病室に着くと、そこには思いのほか顔色が良い英児と、着替えなどを届けに来ていた渉さんがいた。渉さんとは久しぶりの再会だった。英児は左手をがんじょうに固定されて痛々しかったが、右手を「よう、来たか」といった雰囲気で上げた。

「太郎君、福田さん、よく来てくれたね。忙しい中、すまない」

「いいえ、渉さんこそ。次は最上級生ですよね。勉強も野球部も、たいへんなんじゃないですか」

「そうだね。3年生でほとんど単位は取ってしまうつもりでやってきているから、勉強はそれなりに忙しいよ」

「あの、沢村さん」

肝心な質問をぼくがした。

「英児君の具合はどうなんですか？」

「手術は予想以上にうまくいったようだ。ただ、リハビリには時間がかかる。おそらく、投手としては秋の大会には間に合わない」

分かっていたことだが、僕はがっくりと肩を落とした。

「心配ないよ。こいつはずっと小さい頃から根性だけは誰にも負けないし、意地っ張りだからね。必ず復活する」

「それならいいんですが」

涉さんの自信に満ちた言い方に、僕らはどれだけ救われただろうか。

「来年の夏には、こいつは野球選手としてもっとでかくなっていると思う。こういう挫折も、ときには必要なんだよ。俺だって、けがで試合に出られないときの悔しさはよく知っている。リハビリ頑張って、レギュラー取り返したあとは、前にもまして調子が上がった気がしたものさ。こいつにも、俺と同じ血が流れているからね」

左手の自由を奪われた英児だが、すでに右手の強化に乗り出していた。ベッドの傍らには鉄アレイがあり、握力を鍛えるためであろうゴムまりまであった。

「さすがは英児だな」

思わず口に出して言ってしまったが、そこは読唇術で悟られ、にやりと不敵に笑われた。

(やれやれ、心配しすぎて損をした。この分なら、イップスもなんとかなるかもしれない)

英児はしばらくして退院したのちも、すぐに始動した。左手首に負担がかからない程度の足腰の強化、右腕の強化である。左打者としての英児の打撃は引き腕である右手が支えている。その右手一本での素振りは、見ていて恐ろしかった。

(やはり松波さんからホームランを打った英児だ。打撃は本物だ)

一緒にリハビリに付き合いながら、僕らはスポーツ新聞や福田記者からのメールなどでその夏の甲子園大会の結果を知った。

神奈川県代表は、結局また明王大湘南だった。鎌倉の強豪が今年も神奈川を制し、3年連続で代表となった。東光学園は準決勝で明王大湘南に完膚なきまでに叩きのめされていた。笠原投手は18安打を浴びてノックアウト、結果は15対1の圧倒的コールドゲームだった。五十嵐コーチの姑息な作戦も、天下の強豪相手には通用しなかったようだ。しかし、その明王大湘南も夏の甲子園では2回戦で京都の天王山高校に5対0の完封で敗れた。

「太郎くん、上には上がいるぞ」

福田記者からの情報に、英児も僕も燃えた。秋には間に合わずとも、夏には絶対にバッテリーとして復活して、明王大湘南を倒す。甲子園に行くのは日吉台だ。そう二人で誓い合った。

第四章　新チームの船出

新チームが秋の大会に向けて発足した。2年生の原さんが監督の指名を受けて新キャプテンとなり、陣容が固まってきた。
英児は投打ともにまだ無理で、暫定エースは2年生の北上さんになった。さっそく組まれた練習試合のオーダーはこうなった。

1番　中堅　岩見さん　左投げ左打ち
2番　遊撃　河本さん　右投げ右打ち
3番　一塁　小谷さん　右投げ左打ち（投手兼任）
4番　三塁　原さん　右投げ右打ち（主将）
5番　捕手　湯浅太郎　右投げ右打ち
6番　右翼　小諸さん　右投げ右打ち
7番　左翼　玉川さん　右投げ右打ち

8番　二塁　堀田　　　右投げ右打ち
9番　投手　北上さん　右投げ右打ち

この中で1年生は僕と堀田だけ、あとは全員が2年生だった。夏の大会でレギュラーに入っていたのは原さん、小谷さん、そして準レギュラーだったのが僕だった。3年引退後の部員数は少なく、全体で21名しかいなかった。ベンチ入りメンバーがぎりぎりでそろう程度で、英児の復活なしには神奈川県で勝ち上がることはまず無理というのが率直なところだった。

新チーム最初の練習試合の相手は、ほかならぬ仁成学園高等部だった。あの池永雄太がいる高校である。仁成学園の広いグラウンドに乗り込んで、胸を借りるといったところだった。私立仁成学園高等部は送迎のために専用のバスまで用意してくれて、下にも置かない扱いだった。中高一貫教育の校舎は広大で、グラウンドや合宿所、打撃マシンの類まで圧倒的なものだった。さすがは私立の強豪校だ。

試合当日、池永がさっそく僕をみつけて駆け寄ってきた。

「よう、久しぶりだな。湯浅。沢村のけがは、やはりひどいのか?」

「ああ、左手の複雑骨折さ。だが、幸い手術がうまくいって、秋の大会ではもしかしたら投手は無理でも、打者で出られるかもしれない」

「そうか、なんと言っていいか分からんが、選手生命に差しさわりがなくてまだ良かったよ。俺のリベンジが残っているのに、勝ち逃げされちゃかなわないからな。今年、俺は背番号1をもらえることになったから」

「すごいじゃないか、仁成学園のエースなんて」

「何、お前だって今日スタメンだろう。俺の球、打てるものなら打ってみろよ」

「言ったな」

　僕らは笑い合った。真の好敵手に恵まれ、僕は嬉しかった。いつか、池永ノートのことも打ち明けねばならないだろう。

　池永の鍛え上げられた身体は、中学時代より一回り大きくなっていた。仁成でエースを張る、ということは実力を上積みしてきたに違いない。やはり警戒すべきはカーブだ。そして、バント戦法でスタミナを奪う手は、もう通じまい。なぜなら、一回り大きくなりながらも、全体的には均整がとれており、正直やや太り気味ともいえた中学時代とは体格が違っていた。

　校舎の一角を借りて荷物の整理をしながら、僕は上級生たちに言った。

「キャプテン、先輩。僕は中学時代に向こうのエース、池永と1回だけ試合をしたことがあります。球速は英児ほどではありませんが、決め球のカーブはものすごいです。昔はスタミナ不足が弱点でしたが、さっき話をしながら観察してみたのですが、それはもう期待出来ないと思います。重い球質で、長打はあまり狙えないと思います。カーブを捨てて、ストレートをコンパクトに逆らわずに振り抜く、それが攻略法だと思います」

「そうか、向こうのエースは1年生か。楽しみだな。強豪校とやれるのはいい練習になるよ」

原主将ならきっと打ってくれるだろう、と僕は思っていた。主将は粘り強い打撃が身上で、簡単にはアウトにならない人だ。そして、5番に座った僕は、いかに中学時代とはいえ池永のボールを打ってきた。とにかく、互角の勝負は無理だとしても、やれるところまではやりたい。

挨拶がすんで、仁成ナインがグラウンドに散った。招待された僕ら日吉台が先攻である。まだこの時期だから背番号はついていないが、やがて背中に1番を背負う池永雄太がマウンドに姿を見せた。筋肉質の体から繰り出すパワーピッチングは、どこまで進化しているだろうか。僕は楽しみでもあったが、脅威も同時に感じていた。あの鋭いカーブは高校でも十分に通用するはずだ。ストレートも速くなっているに違いない。ましてスタミナ不足という弱点を克服していたら、手の付けようがないではないか。

プレイボールとなって、いよいよ池永雄太のピッチングが始まった。予想を超えて、ストレートは速くなっていた。

（やばいな。時速145キロくらいは出ているんじゃないか）

明らかに中学の頃から時速にして10キロくらいはスピードがついていた。これにあのカーブがあれば、普通の高校生ではまず打てない。

案の定、1回表は三者凡退に抑えられた。しかし、カーブはまだ見せていない。ストレートにスライダー、カットボールといったところだった。

マスクやプロテクターを装着しながら、僕はいろいろ考えていた。

（スライダーには英児ほどのキレはない。カットボールはまずまずだ。カーブを隠しているのは、まさか僕に対する挑戦ということか）

中学の大会で、スタミナを失った池永のカーブを長打したのは、ほかならぬ僕だ。そのことを忘れていないのかもしれない。

（あのときの悔しそうな目は、こっちも覚えている。勝負にこだわる人間だってすぐに分かった。僕をカーブで打ち取る気だな。よし、受けて立とう、この勝負）

リードにも気合が入った。北上さんは正直ストレートが遅い。時速にして120キロを超えるかどうかだろう。球速だけなら小谷さんの方が上だが、小谷さんはコントロールに難があった。

（なんとか、工夫して仁成打線を躱していかないと）

仁成学園は神奈川県下有数の打撃のチームとして知られていた。大森監督が就任された5年前から強豪校としての名を確固たるものにし、甲子園にも出場している。明王大湘南という厚い壁に阻まれてはいるが、夏の大会でもやはり準決勝まで進出しており、レギュラーが三人残っていたので、打線は特に警戒すべきだった。

1回裏、しかし仁成の強打は防ぎきれなかった。自分たちのグラウンドという有利な状況があったにせよ、一挙に3点を奪われた。特に4番は夏のレギュラーで、痛烈なツーベースを打たれた。北上さんの失投ではなく、要求通りのボールだった。

「すみません。僕のリードに問題がありました」

「何を言ってるんだ、湯浅。俺の球威不足だよ。さあ、そんなことより、頼むぞ、5番打者」

僕は急ぎプロテクターを外してネクストバッターサークルに向かった。池永は瞬く間に原さんを追い込んでしまったからだ。

（あの原さんでもだめか）

僕は少なからず驚いた。カーブをひた隠しにしても、原さんの打球は外野にすら飛ばなかった。セカンドゴロでワンアウト。

そして、いよいよ僕が打席に立った。池永の目が鋭く光るのを感じた。

さあ、勝負。初級のストレートは速かったが、僕はそれをはじき返してあわやヒットかというファウルにした。

（速球なら、英児の球を受けてきた僕にはそう簡単に通じない）

しかし、カーブが早くも2球目に投じられると、状況が変わった。鋭く縦にわれ、打者の手元で大きく沈む。ものすごいカーブだった。

（これは、たまらん）

僕は舌を巻いた。その後もカーブを連発され、僕は三振に倒れた。高校生クラスのカーブとは思えなかった。池永が、マウンド上で笑顔を見せていた。僕は少なからず悔しい思いをした。

（正直、1試合だけであのカーブを攻略するのは相当難しいぞ）

結局、この練習試合、5対0で敗れた、池永は7回まで投げて被安打わずかに3、僕はことごとくカーブで打ち取られた。リード面に影響を出さなかったことが救いだったが、現時点での力の差は歴然としていた。

試合終了後、僕は池永と握手しながら言った。

「今日は完敗だ。だが、英児がいない日吉台は本当の日吉台じゃない。夏には、必ずバッテリーとしてお返しする。カーブも、打ってみせるさ」

「ああ、やれるものならな。お前、小さな強打者とか言われているそうじゃないか。次は、もっとバッティング練習をしてこいよ」

「抜かしたな、次に打たれてほえ面をかくなよ」

僕らは笑顔で別れた。宿命のライバルが、でかくなって帰ってきたことは、怖いと同時に嬉しいことでもあった。

秋の大会は、英児抜きで臨む覚悟だったが、なんとか打者として間に合う算段がついた。東横医大病院には優秀な外科医がいると全国で評判でもあり、そこで手術を受けたことも英児に幸いした。また、広大おじさんのつてで有名なトレーナーに指導を受けることが出来、左腕のリハビリは順調だった。何より、英児の性格が誰よりも負けん気が強く、決してつらいリハビリから逃げることはなかった。渉さんの言われた通りだった。

「お前はやっぱりたいしたやつだ」

僕が手話で伝えると、

「あんな負け方で尻尾を巻いて逃げるわけにはいかないだろう。あれはわざとぶつけてきたんだ」

「分かるのか」

「分かったよ。サインなんか、あの笠原ってピッチャー、ろくに見ていなかった。内野席にいるサングラスの男の方ばかり見ていた。それで、その方角をちらっとみたら、『いいからやれ、ぶつけろ』って口が動いているのが見えた」

やはり五十嵐コーチはとんでもない人間だった。おそらく笠原さんは脅されていたのだろう。英児の視力は人並外れているうえ、読唇術まで身に着けていたから、その目をごまかすことは出来なかった。

「でも、強打者はよけるのもうまいっていう。だから、俺はよけきれなかった自分にも非があると思っているんだ。笠原っていう人にも特別恨みはないよ。ただ、試合に負けたことじたいは悔しい。だから、今度あのチームとやったら、実力で叩きのめす。あんな姑息な手は二度と通じないことを五十嵐っていう人に教えてやる」

イップスどころか、すさまじい闘志だった。渉さんが言われた通り、サイレントエースは一回りも二回りも大きく成長しようとしていたのかもしれない。

「さすがは英児だな」

「お前こそ、バッティングがどんどん良くなっているじゃないか。『小さな強打者』ね。なかなか格好いいあだ名だな」

「それ、恥ずかしいからやめてくれよ」

非常に恥ずかしいあだ名だが、これは福田記者が書かれた記事がもとになっていた。神奈川地域新聞スポーツ欄で、特集とはいえないが小さく「小柄ながら強打の捕手、現わる」と数行の記事を掲載してくださったのだ。それ以来、小さな強打者とかフルスイングの湯浅とか、話に尾ひれがついて僕のあだ名になってしまっていたのだった。

英児はみるみるうちに回復し、軽いキャッチボールから徐々に遠投へ練習をレベルアップさせていった。恒例の葉山合宿では、原主将を筆頭に数名の志願者が沢村家の別荘を訪れ、練習に励んだ。

「噂には聞いていたが、すごい別荘だな。沢村の実家は本当に資産家なんだな」

電車で1時間半かけて通学されている原主将は沢村家の評判をご存じなかった。

「前に横浜市青葉区に用事があって行ったことがあるけど、あそこも豪邸だらけ、外車だらけの街なんだ。でも、この別荘、それに全然負けてない」

「英児の実家、住んでいる家もすごい広さですよ。詳しいことは分からないですけど、ベンツが2台、いつも止まっています。1台はAMG、ドイツ語でアーマーゲーって読むらしいんですが、これがまたすごく高いんだそうです」

僕の話に先輩方はため息をつかれた。

「お金っていうのはあるところにはあるものなんだな」

合宿の内容は中学生の頃と変わらなかった。砂浜ダッシュ、広大おじさんの顔で特別に借り受けた大日本生命野球部グラウンドでの守備、打撃練習。さらには別荘の地下室にある筋トレを行うマシンで徹底的に肉体を鍛え上げた。ときには、葉山の街を十数キロも走ったこともある。遠距離走で英児に勝てる者はいなかった。無尽蔵のスタミナに、皆が舌を巻いた。逆に、砂浜ダッシュでは僕が一番だった。

同じ1年生の堀田もなかなか足が速い選手だったが、足元が不安定な砂浜の上では僕に追いつくことは出来なかった。

肩で息をしながら堀田は言った。

「いや、参った。太郎、お前本当に足が速いんだな。この砂浜ダッシュで鍛えたのか」

「それももちろんあるけど、家、市役所の官舎の裏にある御嵩神社の100段近い階段を登りダッシュ、毎日のようにやっているからな」

「お前の打撃は、こういうところから来ているわけか」

「いや、まあ確かに足腰はこうやって鍛えてきたけど、何しろあの沢村渉さんの直伝でもあるからね」

渉さんからの指導は、僕の体にしっかりとしみついていた。


秋の大会がいよいよ近づいてきた。勝ち進めば関東大会へ進出することが出来、そこで上位に食い込めば春の選抜出場の目が出てくる。英児はなんとか間に合ったが、スローイングに若干の不安がまだあった。投げる練習が不足していたのだから無理もない。そこで小林先生は英児をファーストで起用することにした。堀田はベンチへ下がり、小谷さんはサードへ、原さんがセカンドを守るという布陣だ。英児以外に長距離打者が不足している中、苦肉の策であった。主戦の北上さんは、夏の大会の頃からみれば球速を増してきていた。小林先生の指導の賜物といえた。

日吉台の新チームはさっそくいくつかの練習試合を組んだが、結果は上々だった。小谷さんのサードもなかなかのもので、ほとんど失策はなかった。

東京の強豪校、帝都高校を招いた練習試合でも北上さんは強力打線を3点に抑え、打線は英児につなぐスモールベースボールで6回に逆転、そのまま4対3で逃げ切った。千葉県の薬師大学松戸高校との試合では、英児の本塁打2本が飛び出し、僕も高校2本目の本塁打を記録、7対2と完勝した。薬師大松戸は今年の千葉県代表・甲子園出場校だったので、いくらレギュラーの3年生9名が全員引退して別なチームになっていたとはいってもチームの自信になった。

このままの勢いで本大会でも勝ち進みたいところだが、現実はそう甘くはないことは皆が全員、よく分かっていた。

「神奈川を制するものは全国を制す」

古い時代にはこんな言葉まであった激戦区・神奈川で勝ち抜くことは容易なことではない。

秋季大会1回戦は、県立伊勢原第一との試合になった。立ち上がりに不安がある北上さんはワンアウトからフォアボールを連続で出し、自らピンチを招いた。僕はマウンドに向かった。

「大丈夫です、ボールは来ています」

「すまん、大丈夫だ。やっぱり多少は緊張するな」

「それが普通ですよ。一塁にいるあいつ、英児がおかしいんですよ」

「そうだな。沢村のやつ、いつも顔色一つ変えないからな」

「ポーカーフェイスもあいつの持ち味ですからね。さあ、今日は勝ちますよ」

伊勢原第一はここで送りバントを選択した。

（よし、かえって守りやすくなる。塁を埋めよう）

僕は小林先生の了解を得て、5番打者を申告敬遠した。塁を一つでも進めたい意図はよく分かるが、4番打者をわざわざアウトにしてくれるのは、僕にとっては有難かった。続く5番打者を歩かせたあと、6番打者は明らかに力んでおり、打ち取ることは容易だった。速球で追い込んでからひざ元に変化球を要求し、サードゴロでピンチをしのぐことが出来た。

1回裏のうちの攻撃は、1死から河本さんが内野安打で出塁した。3番に座った原さんは、得意の粘り強い打撃できわどいコースをカットし、フォアボールを選んだ。しかも球数を9球も放らせてだ。

ここで登場したのが久々に大会に帰ってきた四番ファーストの英児だった。相手投手はすでに英児にのまれてしまっていた。ボールが先行して3ボール1ストライクからの5球目、英児が得意の低めのボールをすくい上げると、打球はあっという間にライトスタンドに飛び込んだ。練習試合などを含めると、これで高校生として12本目の本塁打となった。秋口、多く組まれた練習試合で英児は本塁打を量産していた。彼はけがで休んでいた間も続けていた足腰や右腕の強化で、さらに恐ろしい打者へと進化を遂げていたのだ。むろん、真紀さんの支えがあってのことだろう。いくら英児でも厳しいリハビリが平気なわけはない。精神的な部分を大きくケアする存在のおかげで、沢村英児は完全復活に向かって突き進んでいた。

この試合は、7対3で完全な勝利を遂げた。英児は1本塁打、2ツーベースの猛打賞を成し遂げた。僕も2安打で英児をホームに還す5番打者の役割を果たすことが出来た。新チームの大会船出はまずまずの結果となった。

だが、投手・沢村英児がいない日吉台は、本当の日吉台ではない。僕は自身が仁成学園との練習試合で述べた通りである。

日吉台は秋季大会も、やはり3回戦でまたもシード校の前に敗れた。北上さんも小谷さんもよく投げたが、シード校の猛威を振り払うところまではいかなかった。甲子園へ行く夢は、夏に繰り越しとなった。

神奈川県秋季大会は、またも王者・明王大湘南が制した。準優勝の横浜中央に加え、ライバル・池永雄太を擁する仁成学園の3校が茨城県で開催される関東大会へと駒を進めることになった。

(池永め。さすがだな)

僕は感心した。中学生の頃とは比べ物にならないほど成長した彼は、春の選抜へ出場するという偉業を達成するのだろうか。

僕は一生懸命勉強をしながらも、試合結果をウォッチし続けた。結果、関東を制したのは埼玉第一代表の浦和松陰高校で、準優勝が明王大湘南となった。これで明王大湘南の甲子園出場はほとんど確実になった。横浜中央は4番でエースの松波さんの活躍でベスト4に食い込み、浦和松陰に惜敗したものの、やはり甲子園出場の可能性は高いといえた。仁成は初戦で敗れ、池永の甲子園出場の道は途絶えた。


春の選抜が開幕すると、僕は全試合を録画し、勉強の合間に気になる試合だけをチェックした。この頃、僕の成績は佐藤先輩のアドバイスもあって順調に上がっており、目標の東京六大学も夢ではないところまで来ていた。ちなみに、佐藤ゆかり先輩は国立・氷川女子大学に見事に合格されていた。僕がお祝いの電話をかけると、

「さすがでしょう、私。一生懸命勉強した甲斐があったわ。夢は管理栄養士になることなのよ。プロスポーツチームの選手を支える仕事に、ぜひ就いてみたいわ」

「すごいですね。もうビジョンがしっかりされていて。僕なんか、六大学で野球をやりたい、それしかないんですよ。仕事なんか、考えたこともないです」

「あら、太郎君はプロ野球選手とかにはなりたくないの」

「とんでもない。英児じゃあるまいし、そんな力はありませんよ」

「でも、小さな強打者、なんでしょ?」

「それ、やめてくださいよ。記者が僕を買いかぶっているんです」

この気恥ずかしいあだ名は、しばらく僕について回ることになる。

春の選抜を制覇したのは東京の古豪・双葉学舎大学付属だった。明王大湘南は決勝で敗れ、準優勝となった。しかし、四番打者の合田さん、エースの船木さんの名は全国区になった。合田さんは大会で3本塁打を放ち、双葉学舎戦でも相手を追い詰める打撃を披露した。船木さんは5試合すべてに先発し、決勝戦で5失点打ち込まれるまでは準決勝までわずか3失点。神奈川の王者たる貫禄を見せつけた。

(やれやれ、英児よ、甲子園に行くにはこの人たちを倒さないといけないぞ。僕らに、それが出来るか)

次の夏、僕らは本当にとんでもないジャイアントキリングに挑まなければならないことになったのである。

第五章　甲子園に挑め

休みが明けて僕らは2年生になった。そして暖かくなるにつれ、英児の左手は本来の力を取り戻し、ようやく投球練習が再開された。左腕からはボルトが外され、リハビリも順調に終えた。最初、僕はブルペンで立って英児の球を受けたが、スピードはかなり戻ってきていた。これも、ずっと多摩川の堤防を走り込んできた成果だろう。さらにきれいなスピンがボールにかかっていた。

「ナイスボールだ！」

僕は手話で伝え、英児は汗をぬぐいながら珍しく笑顔を見せた。小林先生は万全を期するため、春の大会では英児を投手としては起用しないことを明言されていた。おそらく無理を押せば投げられないことはなかっただろうが、こんなところで無理をするようなピッチャーではない、ということだった。

「沢村は甲子園を目指していると言った。それなら、夏の予選までじっくりと体をケアするべきだ。春季大会では3年生に頑張ってもらう」

小林先生は自身がけがで選手生命を失っているだけに、無理をして復帰しようとする選手の心理をよく理解していた。焦ってプレーした場合、故障した箇所以外を酷使して思わぬ結果になりかねない。

「私は東都六大学の4年生のとき、チームの調子が下降して、一部リーグ陥落の危機にあった。リーグ入れ替え戦の前くらいから、肘に違和感があったが、そんなことを言っている場合ではなかった。監督やコーチに故障をひた隠しにして、先発にリリーフに連投を続けた。昔は投手の球数を計算するような文化は、少なくとも日本ではほぼなかった。結果、入れ替え戦には勝ち、チームは一部に残った。しかし、肘をかばって無理をした肩が今度はこわれた。そのあと、私の肩は二度と元の状態に戻ることはなかった」

小林先生は昔を懐かしむように話をされた。もう、悲壮感はそこにはなかった。

「私のところから、急速に大人たちがいなくなった。プロ野球のスカウトも、グラウンドに私を見に来ることはなくなった。大人の世界なんて、そんなものだ。そのときの気持ちは、もう思い出したくもない。沢村だけではなく、あんな思いはもう誰にもしてほしくない。だから、沢村、投げたいだろうが、春はこらえてくれ」

英児に異論はなかった。小林先生は心から生徒を心配していたのだ。結局、小林先生は取得していた教員免許を活かして、教師の道を選んだ。本当は部活の監督も引き受ける気はなかったらしいが、日吉台に赴任されたとき、大の野球ファンである校長先生に再三再四懇願され、仕方なく監督兼部長を引き受けることになったのだそうだ。それ以来数年、チームは徐々に力をつけ、シード校に挑めるところまでやってきた。今度は、沢村英児がいる。必ず甲子園を狙ってみせる。皆が燃えていた。


やがて1年生部員たちが入部してきた。ほとんどは英児のファンだった。

「は、はじめまして。日吉南から入部してきた蜂谷です」

僕に挨拶をしてきた小柄な生徒がいた。聞けば、捕手志望なのだという。背は低いが、いい体つきをしていることはすぐに分かった。有難い、日吉台ではなぜか捕手志望者は少ない。

「ああ、こちらこそはじめまして。湯浅だ。よろしくな」

「僕は背が小さくて、小さな強打者・湯浅さんに憧れて日吉台を受験しました。あ、すみません。湯浅さんの背が低いからってバカにしているわけではありません」

「いいよ、そんなことは分かっている。でも、珍しいな。新入部員は全員、英児目当てだと思っていたよ」

「もちろん、沢村さんは日吉南を全国に連れていった方ですから、憧れはあります。でも、剛速球を捕るキャッチャーの湯浅さんなくして、サイレントエースはいないわけじゃないですか。すごいですよ。しかも、バッティングがすごいです。湯浅さんのフルスイング、ずっとマネをしてやってきました」

「有難う。僕は才能がないからね。必死に練習をしてきた、それだけだよ」

それが本音だった。英児に出会ったその日から、僕は彼についていくために必死に練習に励んできたのだ。何年も英児の剛球を受け続け、体は相変わらずけがが絶えなかったが、後悔は微塵もない。佐藤ゆかり先輩ほどのビジョンはなかったが、英児との出会いがなければ野球選手としての僕はなく、ここまで勉強を頑張ることもなかったわけだから。

春季大会は、宣言通り英児の登板はなく、北上さん、小谷さんの継投で乗り切ることになった。

大会開催前、合宿所に行く僕に父が話しかけてきた。

「太郎、英児君は今大会投げないって、本当か？」

「うん、小林先生の指示でね。けがは治りかけが一番怖い、ここで無理をすれば別な箇所を故障するような最悪の事態もありうるから、本番の夏までは打者一本でいくことになった」

「そうか、そういうものか。僕らからしたら、早くあの剛速球が見たいけどな。１００マイル、狙えるんじゃないのか」

最近は父も英児の影響からすっかり野球ファンになり、日本プロ野球の試合はもちろん、衛星放送で見ることが出来るメジャーの試合まで録画して観戦しているほどだった。１００マイル、それはメジャーのパワーピッチャーの勲章だ。現在、世界最速投手は時速１７０キロを超えているのだ。

「今の英児なら、エンジン全開でいけば出ると思うよ。夏を楽しみにしていてよ」

今度は母だ。

「英児くんのけがは本当にもう大丈夫なの？」

「なんだよ、二人とも英児、英児って。息子より英児のことが心配なのかい？」

「そんなこと言ってないわよ。あんただって、けがばかりして帰ってくるじゃないの。でも、勉強と両立しているから、そこは偉いわ。それはそうと、太郎」

「なんだい？」

「佐藤ゆかりさん、って、どんなお嬢さんなの？　お付き合いしているんでしょう？　うちに連れてきなさいよ、1回くらい」

僕は思わず野球用具を床に落として立ち上がった。

「お母さん、何言っているんだよ。佐藤さんは、高校の先輩で、勉強を教えてくれていただけだよ。今は国立女子大の学生だよ。僕なんか、相手にするわけがないじゃないか」

「あら、そうかしら？　頻繁に電話連絡しているみたいじゃない。あちらからもお電話があるし、太郎との会話の様子を見ていると、意外と脈があると思うわよ」

「見ていたのかい、勘弁してくれよ、お母さん。僕はこれから大事な合宿なんだ」

逃げるようにして僕は家を出た。

（まったく、なんてことを言うんだ、お母さんは。女性週刊誌の読みすぎなんだよ）

しかし、女のカンというのは鋭いものだというが、どうやらそれは真実らしい。正直に言ってしまうと、僕はすでに好意以上の感情を佐藤先輩に抱いていた。

（今は甲子園に向けて集中だ）

迷いを振り払うように、僕は自転車のペダルを漕いで合宿所に向かった。投手・英児を欠いてどこまで通用するか。日吉台にとって試練の春季大会が始まろうとしていた。

春季大会は繰り返しになるが関東大会出場権を争うとともに、夏季大会に向けたオープン戦のような位置づけである。そこで勝利したところで甲子園には直結しない。シード権に影響があるだけだ。

特に日吉台にとっては絶対的な存在である英児が投げない。これは非常に不利な条件だった。野球の試合の出来不出来は7割が投手で決まるといわれる。何点取っても、取り返されたら勝てる試合も勝てなくなる。小林先生はベンチ入りメンバーに1年生を二人加え、ベンチでの経験をさせることにした。そのうち一人は、捕手志望で日吉南の後輩、あの僕に声をかけてきた蜂谷だった。もう一人は、投手希望の小崎である。二人とも、緊張のきわみであった。昨年の春を思い出す。

原主将は、二人に何度も声をかけ、ことあるごとに気配りを見せていた。日吉台の校風ともいえたが、勝利を目指し練習は厳しいが、しごきはない。髪型も自由。ただし礼節を重んじて派手なガッツポーズはしない、そして生活の基本ともいえる部室や合宿所共用部の掃除、用具の手当てはきちんと行う、決してマネージャーに押し付けたりしない、というものがあった。皆で掃除をし、炊事も行う。買い出しはくじ引き、勉強はお互いに教え合う。中間試験や期末試験で赤点を取った場合には、追試に合格するまで練習は禁止だった。

蜂谷も小崎も、すぐに合宿所になじんだ。今やマネージャー3名を束ねる真紀さんのアシストも絶大な効果を発揮していた。

それでも、日吉台の料理番は、この僕だった。正捕手同様、料理番の座も、簡単に他人に譲る気はなかった。

「湯浅さん、カレー、絶品ですよ。うちの母親が作ったものより、はるかに旨いです。何が隠し味なんですか？」

蜂谷が驚いて聞いてきた。

「これはうちの母親直伝でね。実はたいした秘密はなくて、チャツネとかスパイスとかに少しこだわっているだけだよ」

僕はのちに野球を辞めたあと調理師免許を取得するのだが、料理の基礎はあらかたこの時期に完成していたと思っている。

合宿のムードは良かったが、欠けているものがあった。英児である。英児は大事をとって合宿には参加せず、自宅で過ごしていた。広大おじさんは49歳、大日本生命の取締役として辣腕をふるい、家に帰ることはあまりなく、都内の本社付近で過ごすことが多くなっていた。花笑さんはロサンゼルスのテニスアカデミーを拠点に活躍中だ。あの豪邸の中で英児は京子おばさんとほとんど二人きりで過ごしているのだ。渉さんはK大学の合宿所にいた。四年生になった渉さんはK大学の主将に選ばれ、監督を補佐してチームを率いていた。今や大学日本代表チームの一員でもある。英児は寂しくはないだろうか。ふと、妙なことを考えた。

英児はメジャーに行く、と言っていた。でも、間違いなくこのままいけば、日本のプロ野球チームが英児をドラフト指名することは目に見えていた。確かに英児は聴覚を持たないわけだが、専属の手話通訳などプロ野球チームであれば簡単に用意出来るだろう。英児は豊かな家に育っていたから、契約金や年俸など気にはしないだろうが、あの投球を見れば、億は積む球団があるはずだ。そして一度ドラフトにかかったが最後、それを断っても交渉権はずっと日本の球団が保有することになり、アメリカに渡ってもどの球団とも契約することはかなわない。しかし、頭がいい英児のことだ。何か手を考えているに違いない。そして、何か考えている証拠に、ここ数週間あいつからメールが来ない。いくらこの大会でバッテリーを組むことはないといっても、この状況は異様だった。毎日ずっと連絡を取り合ってきたというのに。

しかし僕の懸念をよそに、大会が始まると、例によって平然と英児は球場に姿を現した。

左手首にプロテクターはしていたが、送球する機会が少ない一塁を守るのであれば問題はなかった。4番ファースト沢村英児の登場である。1回戦の伊勢崎商業は横浜の伝統校だったが、日吉台はものの見事に攻略に成功した。3番セカンドの原さん、4番ファースト英児、5番キャッチャーの僕、それぞれが見事に打点を上げた。特に英児は、この試合でまたも本塁打を放った。練習試合を含めると高校通算で20本が見えてきた。けがによる離脱があったことを考えれば、驚くべき数値だった。野球の世界には二刀流という言葉があるが、英児にはそんな言葉が似合っていた。

だが、日吉台の快進撃は4回戦で終わった。3回戦を突破したのは開校以来の快挙だったが、1年生の小崎まで動員するようでは、終わりだった。北上さんの調子がいっこうに上がらず、小谷さんのコントロール不足もいまだに解消されてはいなかった。シード校を初めて打ち破ったが、4回戦で鎌倉学館に惜敗した。英児の本塁打で2点を返したものの、4対2で試合を落とした。これで、いよいよ夏季大会に向けての準備が始まることになった。日吉台は、またもシード権を逸したのである。

桜が散って5月、まもなく始まる夏季大会の県予選に向けて合宿練習が再開された。僕は久しぶりに英児が投げるのが楽しみで仕方がなかった。これまで半年以上にわたって、軽いキャッチボールや遠投を行ってはきたが、ブルペンに入っての投球はどれだけぶりだろう。

同時に、僕がけがだらけになる日が戻ってきたということだ。

合宿初日から、英児は僕を座らせ、7割程度と言いながらうなるような剛速球を投じてきた。

（これは、本気になったら、本当に時速100マイルはいくぞ）

内心ひやひやものだった。生半可な気持ちで受けていたら、こっちが大けがをする。そしてカーブ、スプリット、変化球のキレも抜群だった。だが問題は、英児最高の持ち球である高速スライダーだった。このボールだけは、どれほど練習しようとも僕は多くを後逸してしまうのだった。

「湯浅、あまり気にするな。沢村のこのスライダーがきっちり決まれば、プロ野球のキャッチャーでもなければ捕るのは難しいよ」

小林先生はそう言ってくれたが、僕は歯がゆくて仕方がなかった。原主将も、

「同感だ。打者の目線から見ても、あのスライダーを打てる高校生や捕れる高校生なんて、そうはいない」

そうフォローしてくれた。しかし、僕は言った。

「でも、明王大湘南の合田さんなら、分かりませんよ」

春の選抜、春季大会の全打席を僕は映像化してもらって見続けてきたが、間違いなくこれまで出会ったどの打者よりもパワー、技術ともに抜群に優れていた。すでに日本プロ野球の

数球団が獲得を狙っていると噂されており、高校球界ナンバーワンの右打者とも噂されている大型三塁手だ。

（あの合田さんを倒さない限り、甲子園はない）

「湯浅、気持ちは分かるが、まずはその前に当たる相手を倒さないといけないぞ。先を焦るな」

小林先生の話はもっともなことだった。

やがて運命の抽選会当日となり、小林先生と原主将が会場へ向かった。

（どうせ明王、仁成、鎌倉学館、横浜中央はシードだ。でも、出来る限り早い段階で明王と当たるのだけは勘弁してほしい。あのチームを研究するには、相当時間がかかるからな）

僕は心の中で手を合わせていた。

合宿所に原主将から電話がかかってきて、予選の組み合わせが報じられた。電話に出た真紀さんが教えてくれた。

「皆さん、予選の組み合わせが決まりました。1回戦は県立浜浦、3回戦で当たるシード校は鎌倉学館です」

さっそく春季大会の雪辱を果たすチャンスがやってきた。その後戻ってきた小林先生と主将から、詳細が伝えられた。

決勝戦まで勝ち抜くには、順当にいけば東光学園か仁成学園高等部、横浜中央を倒さなけ

ない。

合田さんを倒すためには、まずともかくも前回屈辱を味わわされた鎌倉学館を倒さねばならない。そして、反対側のブロックに王者・明王大湘南の名があった。あの船木さん、ればならない。

「いいか、まずは1回戦突破だ。鎌倉学館の話はそれからだぞ」

原主将が僕の心を見透かしたかのように厳しい口調で合宿所の皆に気合を入れた。ともかくも、これでエース・英児がいる「本当の日吉台」として戦うことが出来る。

合宿練習も実戦を想定した厳しいものになった。夏の甲子園を本気で目指すなら、あの灼熱の太陽を克服しなければならない。水分補給も重要な要素である。昔はよく練習中水を飲ませない指導者がいたが、あんなものは時代錯誤である。汗を大量にかけば、水分だけでなく身体からミネラル分が流れ出て熱中症になってしまう。それこそ命取りである。そして栄養補給も重要だ。実戦前には糖分を十分に補給しなければならない。自称・日吉台の料理番である僕の出番だった。大学で管理栄養士を目指している佐藤先輩から情報を仕入れ、食事の献立を工夫するようになった。

学校側も全面的に協力体制を敷いてくれていた。父母会も差し入れを惜しまず、応援団の応援練習にも気合が入っていた。

主将の原さんは最後の夏を迎え、気合がこもった練習を引っ張った。こうして僕らは、1回戦で神奈川県立浜浦高校との対戦を迎えた。

実に今年初めて、日吉台はベストオーダーを組むことが出来た。

1番　二塁　堀田　（右投げ右打ち）2年生
2番　中堅　尾形さん（左投げ左打ち）3年生
3番　三塁　原さん（右投げ右打ち）3年生、主将
4番　投手　沢村　（左投げ左打ち）2年生
5番　捕手　湯浅　（右投げ右打ち）2年生
6番　一塁　小谷さん（右投げ右打ち）3年生、投手兼任
7番　遊撃　岡さん（右投げ右打ち）3年生
8番　右翼　蜂谷　（右投げ左打ち）1年生
9番　左翼　小園さん（右投げ右打ち）3年生

1年生からは蜂谷が強肩を買われ、先発メンバーに抜擢されていた。1回戦は平日午前中のプレイボールだったが、かなりの応援団を送り込んでくれた。ブラスバンドも、去年全国大会に出場したメンバーがそろっていた。観客席には、母の姿もあった。さすがに父は仕事を休むわけにはいかないようだった。

僕らが後攻めを選んだことで、いきなりサイレントエースがマウンドに登場し、応援団の

興奮もマックス状態であった。

そして、期待通りの快刀乱麻の投球が始まった。英児のよみがえった剛速球に、観客はどよめいた。そしてサークルチェンジ、スプリットで次々に空振りを奪うその姿に歓声が鳴りやまなかった。県立浜浦は決して弱小校ではなかったが、全快した英児を打てるものではなかった。

日吉台打線も、英児は勝負を避けられたが、5番の僕がそれをカバーした。1回に2点、3回に1点、5回にも追加点を挙げ、試合は5回終了時点で6対0になった。

そのとき、蜂谷が小さな声で話しかけてきた。

「湯浅さん、このゲーム、まだパーフェクトですよ」

「お前も気付いたか。正直、僕はやらせてみようと思っている。下手に点を取りすぎてコールドゲームにならないようにしないとな」

緊張のあまり、慣れない蜂谷の顔は青ざめていた。それはほかの先輩方とて同じことだった。（エラーしたらたいへんなことになる）と全員が考えていたに違いない。

6回も7回も、浜浦はランナーを出すことが出来ずにいた。そして迎えた8回、パーフェクトは途切れた。英児が珍しくフォアボールを出したのである。正直、審判にはストライクをとってほしいコースだったが仕方がない。ここで逆らっても心証を悪くするだけだ。しかし、内野陣、外野陣とも表情から硬さは取れなかった。僕は英児とバッテリーを組んで完全試合もノーヒットノーランも経験しているが、皆はそうではない。僕は立ち上がって声をかけた。

「オッケー、打たしていきますよ！　ワンアウト！」

「おう！」

皆が硬い表情のまま守備体制に入り、次の打者は英児のツーシームの前にサードゴロを打った。原さんが落ち着いてさばいてダブルプレー。あっさりと後続を断ち切った。全員が緊張の面持ちでベンチに帰ってきた。8回の裏は日吉台も無得点のまま、9回表はスコア6対0のまま始まった。

観衆も記録に気付いて、静かになってきていた。ノーヒットノーランが目前に迫っていた。浜浦は代打攻勢に出てきた。浜浦の狙いは、ストレートだろう。代打陣は、全員豪速球に備えてきているに違いない。僕はそう思い、英児に変化球を要求した。

カーブ、サークルチェンジ、カットボール。次々に凡打が内野に転がり、ツーアウトランナーなしとなった。代打陣が目も慣れないうちに英児の鋭い変化球を打てるものではなかった。

最後は、あっけなかった。打球はふらふらとライトに上がり緊張でがちがちになっている蜂谷が大事そうにキャッチし、そのボールを高々と掲げた。沢村英児が高校野球で初めてノーヒットノーランを達成した瞬間である。しかも出したランナーはフォアボールによるただ一人。ほとんど完全試合といっていい結果だった。

英児はさっそうとマウンドから降りて、相手チームとの挨拶に臨んだ。快挙を成し遂げたなどとは微塵も思っていない様子だった。満員に近い県営球場は揺れるような騒ぎになっており、日吉台の応援団も狂喜乱舞していた。

この試合、英児は投げてはノーヒットノーラン、打っても勝負を避けられながらしぶとく1打点を挙げ、素晴らしい活躍を見せてくれた。

「やったな、英児」

僕の手話に対しても、反応はクールだった。

「まだまだ。一つ勝っただけじゃないか。甲子園に行くんだろう」

応援団に挨拶をしに行くと、大勢の中に京子おばさんや母の姿も見えた。二人とも嬉しそうだった。

あと片付けを終えて、球場前に集合した。小林先生の訓示があった。

「みんな、今日はああいう状況の中でよく落ち着いて守ってくれた。蜂谷、いい経験になっただろう」

「はい、ノーヒットノーランのゲームに出たのは生まれて初めてです」

「ほかのメンバーも、原を中心によく頑張った。次の相手はまだ分からないが、今日は合宿所に帰って軽くクールダウンをしたら、ゆっくり休んでくれ」

「はい」

解散して市営バスに乗り込もうとすると、遠くに見覚えがある人間がいた。池永雄太だった。

（そうか、やはり見に来ていたか）

もし2回戦を勝ち進めば日吉台は鎌倉学館と当たる。そこに勝てば4回戦はおそらく東光学園か仁成学園が来る。その試合に勝てたとしても横浜中央の池波さんが待っており、そこを超えて初めて決勝へ進める。今年も優勝候補の筆頭は、ダントツで明王大湘南だった。非常に厳しい戦いが僕らを待ち受けていた。

2回戦は、私立川崎商業と対戦することになった。真紀さんや1年生部員らが、試合を偵察に行ってくれていた。ホームビデオに加え、真紀さん特有の鋭い分析が入ったメモが僕らにもたらされた。

「いつもさすがだね、有難う。これさえあれば鬼に金棒だ」

僕は素直に礼を言った。

「鬼っていうのは、やはり沢村君のことでしょう？」

「そうだね。今のあいつは昨年よりさらに身体も精神も仕上がっている。球速だってさらに増しているんだ。そこに分析結果を吹き込んでいけたら、すごいことになるよ」

「頼もしいわね」

「まったくだ、あいつはすごい」

「そうじゃないわ。太郎君、あなたもすごいのよ。どうしていつも自分を下に見るの。彼だって、ずっとあなたを頼ってきているのよ。原さんだって、ほかの先輩たちだって、みんなあなたに一目置いているの。もっと自信を持って」

僕は驚いた。そんなことを真紀さんが言うとは思っていなかったからだ。

「いい、分かったら返事をして。湯浅太郎は、私の沢村英児の相棒なのよ！」

「は、はい」

「はい！　でしょう」

「はい、分かりました」

僕はそんな風に評価してもらえていたことが意外だった。しかし、裏方さんや上級生から認められているというのは、非常に有難いことだ。

（これで甲子園、行くしかなくなったな）

改めて僕の腹は決まった。弱気になっている場合ではなくなった。一戦一戦、必死に挑んでいかなければ。

2回戦の相手である川崎商業は、決して弱いと侮れる相手ではなかったが、ビデオや試合のメモ、高校野球専門誌に掲載されている記録などを総合的に分析すると、エースの小野寺さんのほぼワンマンチームだといえた。打線の得点能力は警戒すべきレベルにはなく、少ない得点を小野寺さんの粘りのピッチングで守り抜いている印象だった。となれば、小野寺投手を攻略すれば、おのずと勝利は見えてくる。最近では珍しいアンダースローで、徹底的に低めを突いてくる技巧派だが、弱点はあった。変化球が投球のほとんどを占め、速球に威力があまりない。そして投手にありがちなことだが、立ち上がりに難があった。

僕たちは、試合当日までアンダースローを攻略する練習を繰り返すことになった。期間は1週間ある。

「よし、私が投げてみよう」

小林先生が言ってくださったのには驚いた。原主将も、肩をこわして野球を諦めた話は聞いていたから、

「先生、大丈夫なんですか？　肩は？」

「何、故障してからもう20年以上経過しているんだ。そんなに球数を投げなければどうということはない。それに教壇に立つのに肩の調子は関係ないからね」

小林先生がアンダースローから投じられるボールは、球威こそなかったがコントロールは素晴らしかった。さすがは、往年の東都六大学野球のエースだった。僕らは、非常に有意義な打撃練習が出来た。

合宿所内でも対策ミーティングは繰り返された。原主将は、ずっと小野寺投手のフォームをチェックしていて、こう言った。

「とにかく、低めにボールを集めてくるから、徹底的に叩きつけていこう。力むなよ。セオリー通り、逆方向に打ち返すんだ。立ち上がりに出鼻をくじいて、あとは足を使っていくぞ。思うにアンダースローは動作が大きいから、意外と盗塁しやすいかもしれないぞ」

「ああ、もともと球速はないし、変化球が多い投手だというから、足をからめるというのはいいアイディアだな」

「そうなると、うちは機動力には自信がある。やろう、徹底的に走るぞ」

「はい」

僕、堀田、英児の2年生3人はいずれも足には自信があったから、今度の作戦では積極的に揺さぶりをかける役割が課せられた。練習でも、盗塁を試みたり、敵失があった場合に次の塁を狙ったりというシミュレーションを徹底して行った。

こうして1週間、チームはかなりの自信を持って、2回戦に臨むことが出来た。

当日は、先発の英児目当てで、休日ということもあり、県営球場は満員に近い状態に膨れ上がっていた。何しろ、1回戦の戦績は1フォアボールのみのノーヒットノーランである。そんな投手を一目見ようと大勢が押しかけて、すごい騒ぎになっていた。

ブラスバンドの応援合戦もあり、2回戦とは思えない雰囲気の中でゲームは始まった。先攻は日吉台、後攻は川崎商業となった。

噂通り、小野寺投手は好投手だった。球威は思ったよりもあり、手元でホップしてくる感じだった。ただし、いかんせん、やはり立ち上がりの制球力に欠けていた。先頭の堀田は粘ってフォアボールを選んだ。そして一塁上でコーチャーズボックスに立っていた北上さんと小声で何やら会話していた。

そしてノーアウト一塁なので、セオリー通りならバントであるが、小林先生はランナーに任せるサインを出した。

（スチール、狙っていくわけか）

僕はそう思った。そして2番の尾形さんがバントの構えを繰り返す中、牽制が数球入ったあと、カウント2ボール1ストライクから堀田が走った。キャッチャーは送球の構えだけ見せたが、投げられなかった。完全にモーションを盗んでいた。

（どうやってモーションを盗んだんだろう）

そこで初めて送りバントのサインが出て、堀田はワンアウトで三塁へ到達した。

3番サードの原さんがバッターボックスへ入った。内野は前進守備を敷いてきた。小野寺さんは走者を気にして、何度か牽制を投げた。一塁のコーチャーズボックスで北上さんがずっとその様子を観察していた。

（もしかしたら、北上さん、何か癖を見抜いたのでは？）

そういえば、北上さんは「自分は今、三番手投手になっていて出番が少ない。その分、少しでも何か役に立ちたい」と言われ、小野寺さんの投球をビデオでずっと何時間も眺めていたのだった。

そして北上さんが小さくうなずいたように見えた。おそらくは、牽制をするときのくせを完全に確信したに違いない。事実なら、これは大きい。

原主将はセンターにフライを打ち上げた。この日は風が強く、思いのほか打球が伸びそうだった。犠牲フライは間違いない。

堀田は本塁へ悠々と還ってきた。そして4番の英児の登場だ。球場に歓声が巻き起こった。僕はネクストバッターズサークルで待機しながら、英児の打席を見守った。案の定、まずはボール球から入ってきた。それでも、完全に逃げているわけではないように見えるから、さすがは小野寺投手だった。

しかし、フルカウントからの6球目、英児の打球があわや本塁打かという大飛球になりわずかにレフトポール脇にそれると、結局英児は歩かされた。大ファウルに球場はため息で包まれていた。

そして、僕が5番として打席に入ったが、北上さんがタイムを申告され、英児と僕もベンチに呼ばれた。ベンチで、北上さんが言った。

「小野寺は、牽制球を投げるとき、少しだけ右の肩が下がる。ビデオでもそうだったし、この試合でもそうだ。湯浅、沢村にこのことを伝えてくれ」

僕はベンチの控え選手に人間の壁を作ってもらい、手話で英児にそのことを伝えた。英児は大きくうなずいた。堀田もその指示で走ったわけだ。僕に続いて足が速い英児であれば、その癖が分かっていれば盗塁はたやすい。

　こうしてカウント1ボール2ストライクから、英児はスタートを切って二塁を陥れた。キャッチャーも懸命に送球したが、間に合わなかった。小野寺投手に、少なからず動揺が見られた。無理もない。セットポジションからクイックで投げているのに、1イニングで2度も盗塁をされているのだ。キャッチャーも困惑しているに違いない。僕にとってもカウントが平行カウントになって、バッティングの好機になっていた。案の定、甘いボールが内側に入ってきた。

（いただきだ！）

　僕の打球はライナーでレフトフェンスを直撃した。跳ね返ったボールをセンターが処理したが、英児は俊足を飛ばして本塁へ滑り込んだ。返球はセカンドがカットしてホームへは返らなかった。僕は一塁止まりだったが、早くも2点を先制した。そして、僕は北上さんが指示してくださった通りに牽制をかいくぐってやはり二塁へ盗塁した。1死二塁。六番の小谷さんは二番手投手だったが、打撃にも非凡なものを持っていた。焦ってボールが浮いた小野寺さんの3球目を叩き、打球はライトの頭上を越えた。

　僕はチームで短距離がもっとも速い。自慢の足で本塁を駆け抜け、小谷さんは二塁へ達した。結局初回、小野寺投手の立ち上がりを攻めた日吉台は4点を先制した。英児には十分すぎる援護だった。先頭打者にはうまくミートされてテキサスヒットを許したが、送りバントで二塁に走者を背負ってもまったく隙はなかった。時速150キロ超えのまっすぐとサークルチェンジで後続をぴしゃりと抑えた。

2回以降は小野寺さんも立ち直ったが、度重なる盗塁にペースを乱され、実力を発揮することは出来なかった。3回、5回と小刻みに点を奪われ、6対0。もはやコールドゲームさえ見えてきた。小林先生は英児をマウンドから下げ、一塁の小谷さんと交代させた。小谷さんはこの春から夏にかけての厳しい練習の中で走り込みを地道に続け、持前の球威に加えて制球力も向上していた。残り3イニングをわずか1点に抑え、7対1で日吉台が完勝した。7点目は英児の今大会1本目の本塁打によるダメ押しだった。

昨年、サイレントエースの記事が掲載されるまではまったくの無名校であった日吉台の姿は、もうどこにもなかった。堂々たる3回戦進出であった。

続く鎌倉学館も英児を捕らえることは出来なかった。さすがにシード校の意地を見せたいところだったが、英児の前に散発の5安打に封じられ、打者・英児からも2安打を浴びせられた。3番の原さん、5番の僕、6番の小谷さんにも安打が生まれ、1年生の蜂谷も今大会初安打を記録して、結果は4対0、英児の堂々たる完封勝利だった。日吉台、4回戦進出。スポーツ新聞の記事も、どんどん扱いが大きくなってきた。そして、次の相手は、因縁のあるカードになるはずであった。ブラッシュボールで英児に大けがを負わせた東光学園と、宿命のライバル・池永雄太が所属する仁成学園高等部の勝者が相手となることはすでに決まっていた。しかも、その両者が県営球場でこの後対戦する。僕らレギュラー組は、居残って試合を見学することにした。

英児はアイシングをしながら、興味深そうに外野席から試合の状況を確認していた。途中、何人かのファンが英児のサインを求めてきた。英児は不愛想な男であったが、最近はそういうことにも出来るだけ応じるようになってきていた。どうも、渉さんにこんこんと諭されたことが理由らしい。なんでも、「メジャーであれどこであれ、プロスポーツ選手を目指すなら、ファンを大切にしないと絶対ダメだ。あの世界のホームラン王だって、現役時代には一生懸命ファンの方々にサインしたりなさっていたと聞いているぞ」と言われたらしい。いくら日本のプロ野球に興味がないといっても、英雄・ホームラン王の例を出されたら言う通りにするしかなかったのだろう。

試合は東光学園の新エース、加賀谷さんと仁成のエース、池永の好投で引き締まった投手戦になった。五十嵐コーチの姿は遠目に見かけたが、意外にもダーティーな手段は使ってこなかった。淡々と試合が進んで7回まで得点は1対1、スピーディーな展開であった。そして、打者としてもめきめきと腕を上げていた6番、池永があわや本塁打かという打球を打ち上げ、それが深々とライトセンター間を破って三塁打となり、仁成は絶好の好機を迎えた。

「ここはスクイズ、やってくるだろうな」

原主将は言った。僕も同感だった。その予感は当たった。しかし東光も加賀谷さんがすばやい反応を見せ、本塁はクロスプレーになった。そのときだった。

審判はアウトの判定をしたが、池永も捕手も立ち上がらなかった。外野からでは状況が分からない。やがて池永はベンチから来たチームメートに支えられて下がっていった。東光の捕手も、チームメートの肩を借りて下がっていった。

場内アナウンスは、治療に時間がかかる旨を告げたが、しばらく待っても再開はされず、結局、両者とも負傷退場となった。なんということだ。

「まさか、わざとやったんじゃないのか？」

僕は思わず言ってしまった。

「どういうことだ、湯浅？」

「キャッチャーが、クロスプレーのときに池永の膝に倒れ込むのが見えました。あそこまでしなくてもいいはずです。それに、自分まで故障したふりをすれば、相手チームからも観客席からも、責められることはまずありません」

我ながら、恐ろしい考えを浮かべてしまったものだ。だが、僕にはそうとしか思えなかった。結局、池永を欠いた仁成学園はこのあと立て続けに失点し、４対１で敗れた。相手チームのエースを潰す。英児にしかけたブラッシュボールとは違ったやり方で、五十嵐コーチは池永を潰しにかかったに違いない。これがあんたの野球か。僕は怒りが収まらなかった。

（あそこまでしなくても、東光は加賀谷さんの好投があれば勝機はいくらでもあった。確かに今の池永を連打することは難しい。それにしても、こんなことがまかりとおっていいものか？）

　こうして、僕ら日吉台は4回戦で、東光学園と対戦することが決まった。試合までの猶予は4日間。加賀谷投手もいい投手だったが、こんなラフプレイをしかけられてはどう対応したらいいのだ。

　僕は試合後、池永にメッセージを送り、搬送先の病院に彼を訪ねた。病室で右足を固定された池永は、さすがに痛々しかった。

「よう、来てくれたのか。すまんな、右ひざのじん帯、やっちまったよ。夏に本当の日吉台と再戦する約束、果たせなかったな」

「そんなことはいいんだよ。それで、具合はどうなんだ？」

「全治2か月ってところらしい。秋の大会に間に合うかどうかは、まぁやってみないと分からないけどな。なんとか、治してみせるよ」

「そうか」

　平静を装う池永雄太に、かける言葉はなかった。ただ、二人きりで話すこともふだんはないので、思い切って池永メモの話をすることにした。

「実はお前に言いたいことがある。お前のおじさんの形見のノート、実は僕が持っているんだ。あれがなければ、今頃僕はレギュラーの正捕手になんてなれていない。そのことを、どうしても身内であるお前に伝えたくてさ」

池永は、動揺もせずに答えた。

「おじさんのことだろ。福田記者から聞いて知っていたよ。あの人は無断でおじさんの形見を他人に渡したりはしない。祖母、つまりはおじさんの母親にまできちんと断りの電話を入れてきてくれた。俺も野球を始めたのは、生まれる前に亡くなったおじさんが大学野球の捕手でならした人だって親父から聞いたからなんだ。本当は、おじさんのノートを受け継いだ奴とバッテリーを組みたくてピッチャーを志願したんだけど、日吉南ではなく仁成学園に誘われて、そっちに乗ってしまった。すまん、そういうわけだ。湯浅よ」

僕は驚きでとっさには反応出来なかった。本当に僕らは宿命で結ばれた間柄だったのだ。

「東光の手には乗るなよ。沢村を潰しにかかってくる。俺は、あのキャッチャーが故障したふりをしていることがすぐに分かった。こっちが痛くて声も出ないっていうのに、周りに痛い、痛いって叫んでいたんだ。あんなのはフェイクに決まっている。気を付けろよ。そして、絶対に勝ってくれ。俺の分まであいつらを叩きのめしてくれ」

「分かった」

「そして、大学に行ったらバッテリーを組もうぜ。お前もM大、目指しているんだってな。

福田さんから聞いたよ。おれもおじさんの遺志を継いでM大に入りたいんだ」

僕らはがっちりと握手をして別れた。これで東光学園、いや五十嵐コーチには是が非でも負けるわけにはいかなくなった。池永のためにも。ただし、それはとても難しいことだった。あの池永と対等に投げられる加賀谷さんを打ち崩さなければならないのだから。


4日間、英児と何度もラフプレーに関する相談をした。英児は恐れてなどいなかったが、池永を故意に潰したことに関しては怒りを隠さなかった。自分だけでなく、ライバルにまで手を伸ばすとは。かつてこれほど怒る英児を見たことはなかった。

その怒りそのままに、東光学園戦、4回戦を迎えた。結局ラフプレーを完全に防ぐ答えはなかった。ただ、左腕の加賀谷さんに対して、英児は自信を見せていた。子供の頃から左腕の広大おじさんのボールを打ってきているからだった。

「ブラッシュボールも、避ける練習をしてきた。走塁をするとき？　まぁ見ていなって」

珍しく英児が思わせぶりな態度を示してきた。ただ、怒りを静かに闘志に置き換えていることは分かった。

そして、さすがに3回戦で先発した正捕手はベンチに入れていなかった。いくらなんでもそれはやり過ぎだ。ただし、正捕手を欠いた状況で、いかに加賀谷投手といえど英児を抑えきれるものか。

結果は、すぐに出た。先攻を選んだ日吉台は、2回戦の盗塁で乗りに乗っている先頭の堀田がセンター前ヒットで出塁した。送りバントで二塁へ進み、3番の原主将を迎えた。左腕から繰り出す癖のある球に原さんは苦しんだが、それでも粘りに粘って8球を投げさせた。いやはや、本当に簡単にアウトにならないところは、さすがだった。そのとき、出番を待つ英児がネクストバッターズサークルから、手話で話しかけてきた。

「原さんのおかげで、球筋が読めた」

英児は言葉通り、数球粘ったあとに加賀谷さん渾身のまっすぐを高々と打ち上げ、打球はセンターバックスクリーンを超えて得点板にまで届いた。圧倒的な先制ツーランだった。ゆっくりとダイヤモンドを走りながら、英児は相手チームの応援団席に、いや、五十嵐コーチに向け、人差し指を向けた。彼にしては珍しい挑発行為だった。

「ホームランなら、何も手出しは出来ないだろう」

おそらくは、そう言いたかったに違いない。怒りというものは、確かに原動力にはなる。それが過度なものではなく、コントロールされていれば、だ。今の英児はそれが出来ているようだった。これも、真紀さんの影響といったところだろうか。

マウンドに上がっても、英児は落ち着いていた。特に派手な大物打ちはいない打線だったが、様々な策を講じてくる試合巧者であり、僕は慎重なリードをしていくことに決めた。剛速球でねじ伏せるピッチングをあえて避けたのだった。それが効果を発揮したのかもしれない。さすがに鍛えられた東光だけに、毎回のようにランナーは出してきた。しかし、この日一番良かったスプリットがここぞというところで決まり、英児は得点を許さなかった。

そして打者・英児はこの日2本目の本塁打をライトスタンドへ打ち込んだ。相手は英児を警戒して明らかに勝負を避けていたが、見送ればボールの球を強引に引っ張り、打球はライナーでスタンドへ飛び込んだ。もう、手の付けようがない状態だった。正捕手を欠いた状態では、いかに加賀谷さんといえど今の英児を抑えられるはずはなかった。

投手・英児に対しては7回までに5本のヒットと、さすがは強豪・東光の打線だった。しかし、肝心のタイムリーを英児は許さない。得点3対0のまま勝負は終盤を迎えた。

（何かやってくる。打者・英児にはいくらなんでも今年もぶつけるという露骨なことは出来ないだろう。問題は、投手・英児だ。クロスプレーで何かしかけてくる）

僕は神経を尖らせ、東光ベンチではなく五十嵐コーチの方を何度か見た。何か動きがあるはずだ。すると、五十嵐コーチが応援席から出入口に向かって歩いていくのが見えた。明らかに何かしかけてくる。狙いはずばり、英児潰しに違いない。

（きっと人目につかないところで何か指示を出すに違いない。打者は1番で足が速い。もしかしたら）

僕はマウンドに行き、手話で英児に伝えた。

「ドラッグバントをしかけて、クロスプレイの状況を作って一塁ベース上で何かやってくるかもしれない。たとえば足をスパイクで踏みつけるとか」

英児はこともなげだった。

「バントなんか、させなければいい」

言葉通りの展開になった。一番打者は予想通り再三バントの構えをしたが、英児はすべてストレート勝負で、見送り、ファウルとあっという間に追い込んだ。特にファウルさせた球は、抑え気味に来た今日としては最速で、明らかに時速150キロ台後半のスピードが出ていた。バントは、変化球よりも球速があるまっすぐの方がしかけにくいものだ。たとえバットに当てることが出来ても、球速は殺しにくい。一塁での接触プレーを狙うには、あまりに球威がありすぎた。

結局、スリーバントは失敗に終わり、1番打者は倒れた。

(小細工に徹しすぎたな。英児から5安打出来る打線なんだ。もう少しまともに野球で勝負をしてきていれば、英児だって崩れたかもしれない)

結局、そのあと東光はヒットのランナーをホームに迎え入れたが、その1点で精いっぱいだった。スコアは3対1、僅差ではあったがまったく危なげがない勝利であった。英児は打ってはすべての打点を稼ぎ出した。言い方は極端だが英児に固執した東光は英児に振り回されて敗れた。勝利の瞬間、英児はまたも五十嵐コーチの方へ向かって拳を突き出した。彼は目をそらすようにそそくさと去っていった。

こうして日吉台は開校以来、初めて5回戦進出を決めたのである。

続く5回戦は強豪を倒して快進撃を遂げてきた関東学園だったが、強力といわれた打線も英児の前では沈黙してしまった。6回まで3安打無失点でマウンドを降りた英児は、そのままファーストに入り、小谷さんがリリーフ登板をした。結果、小谷さん、続く北上さんは2失点したものの5対2で完勝し、とうとう日吉台は準々決勝まで駒を進めたのだった。

ノーシードの日吉台がベスト8に入ったことは神奈川県下でも大きな話題になった。去年までまるで無名校だった県立高校が、鎌倉学館や東光学園を完全に打ち破ったのである。英児一人に注目が集まったが、むろんほかの選手たちの活躍も軽視出来ないものがあった。また、小谷さん、北上さんといった投手陣の整備がうまくいっているのも、小林先生の手腕である、と僕は考えた。長丁場の夏の大会を、いかな英児とはいえ一人ですべて投げ抜くのは困難である。打線も、英児につなぐ意識が芽生え、しぶとい攻撃を繰り返すことが出来るようになっていた。

日吉台は、準々決勝も英児、小谷さん、北上さんの投手リレーで相手の追撃を躱し、英児を警戒して勝負を避けた秀岳高校の投手陣を5番の僕が今大会で初めて3安打して打ち崩し、大量8点を挙げ、8対4で逃げ切った。最後は1年生の小崎に経験を積ませる盤石の試合運びだった。準決勝進出。甲子園まであと二つ、となった。

準決勝の相手は、横浜中央だった。あの松波さんは今年もエースで4番として君臨し、投手としては防御率2点台、打者としても本塁打1本を含む打率4割超えでまさに圧巻の活躍をしていた。昨年、伏兵・日吉台に敗れた雪辱を期して、さらにパワーアップしてきている、というのがもっぱらの噂だった。

試合は予想通り白熱の投手戦となった。英児の左腕から繰り出す剛球、サイドスローから鋭い変化球で相手を打ち取る松波さんの対決は、もはや全国クラスであった。平日にもかかわらず球場はほぼ満員、両校の応援合戦も見事なものだった、試合は一進一退の攻防で、試合は両校無得点のまま延長戦に突入した。

松波さんも英児もスタミナは十分だったが、決勝戦が明日に控えていることを考えると、なんとか速い決着を望みたいところだった。延長10回表、英児は珍しくフォアボールを二つ出し、ツーアウト二、三塁と大きなピンチを迎えた。打者は3番。ここで4番の松波さんにはなんとしても回したくない。この大会で日吉台はたった一つ、経験していないことがあった。すべての試合で先制点を許していないことだった。ここで松波さんまで回して先制点を取られることがどれだけ厳しいか、英児にも十分分かっているはずだった。

僕はカウントが整ったところで、伝家の宝刀、スプリットを要求した。ほかの変化球はかなり研究されていたから、この試合で温存してきたスプリットを使うことにした。

（心配するな。いくらランナー三塁でも、僕が絶対にこのボールを止めてやる）

一瞬サインにうなずくのが遅れた英児だったが、僕の気迫に押されたのか、うなずいた。思い切り振りかぶり、普通の投手であればストレートと見まごうばかりの速い球が投じられた。しかし、その球は鋭く変化し、ホームベース上でワンバウンドした。空振りは取った、ここだ！

僕は全身を前に投げ出して必死でボールを止めた。結果、キャッチャーマスクがはじけ飛ぶような衝撃を受けながらも、僕はボールをつかみ取り、バッターにタッチした。

「スリーアウト！」

主審の手が上がり、決定的なピンチを免れた。その代償に、首に痛みが走っていたが、そんなことは構っていられなかった。

「よし、いくぞ！　絶対にこの回で決める！」

僕は叫んだ。それに呼応するかのように、皆も気合を入れた。

「もちろんだ！　絶対に決めてやる！」

打順は9番ライトの蜂谷からだった。この試合、うちはまだスコアリングポジションにランナーを2回しか進めていない。いずれも松波さんのシンカーに屈して無得点に終わっていた。

蜂谷はノーヒットだったが、ほど良い気迫を身にまとっていた。これならやってくれそうだ。

蜂谷は追い込まれながらも、5球目を叩きつけた。打球は内野ゴロだったが、一番深いところに飛んで面白そうな状況になった。ショートが追いついて、一塁にワンバウンド送球し、ヘッドスライディング、きわどいタイミングになった。

「セーフ！」

審判の声が響き、チームは沸いた。ノーアウトの走者はこの試合、初めてだった。松波さんはマウンドで汗をぬぐっていたが、目はまだ生きていた。これで崩れるような投手ではない。続く堀田が送って1死二塁、久々にチャンスだった。尾形さんが打席に入り、ネクストバッターズサークルには原主将が控えていた。その次は英児だ。英児はベンチ内で仁王立ちし、松波さんにプレッシャーをかけているかのようだった。

尾形さんへの小林先生の指示は、ともかく逆らわず右狙い、ファーストストライクから積極的にいけ、というものだった。初球、時速140キロは計測していそうなアウトコースの速球に、尾形さんが食らいついた。二塁走者の蜂谷は打球が飛ぶと同時に走った。セカンドが打球に追いついたが、ここで思わぬことが起こった。堅守を誇る横浜中央の内野陣に乱れが出たのだ。二塁手は一塁への送球をそらしてしまった。すぐにカバーが入って蜂谷は三塁でストップしたが、1死一、三塁という最大のチャンスが訪れた。松波さんは、二塁手にさかんに気にしないよう声をかけていた。

「ああいう近い距離の送球は、思ったよりはるかに難しい。手首がうまく返らないと、えてしてあいうことになる。いくらうまい子でも、だ」

小林先生が言った。横浜中央でマウンド上に集まり、口元をグラブで覆って協議をしていた。英児が読唇術を使うことが出来るのはもう知られていたのだろう。

（ここでは、スクイズでもサヨナラだ。一塁が埋まっている以上、満塁策の可能性は低い。そもそも、それをやったらワンアウト満塁で英児を迎えることになる）

内野がフィールドに散って、見せ場がやってきた。打席にはここまでやはり松波さんの前にノーヒットに抑えられていた原主将だ。しかし、僕が見たところタイミングは徐々に合ってきていた。

（スクイズか、外野フライか。いや、内野ゴロでも蜂谷がうまく突っ込めば）

その意図を見透かすように、さかんに牽制が行われた。蜂谷を三塁にくぎ付けにするためだ。原主将がタイムを要求し、ベンチに戻ってきた。バットを変えたのだ。

「沢村、バットを借りるぞ」

僕が手話で伝えると、英児はうなずいた。

「さんざん大きいのを打ってきたバットだ。俺にも力を貸してくれ」

原さんはそう言って再びバッターボックスに戻り、審判に一礼して試合再開となった。その初球、松波さんの速球を捕らえたその打球は、松波さんのグラブを直撃した。打球は内野を転々としていた。

「突っ込め！」

コーチャーズボックスの声に蜂谷が猛然とホームへ突入し、カバーした二塁手が、ここで先ほどのミスがおそらく二塁手の頭にちらついたのだろう、処理がやや緩慢になってしまった。ホームへは送球されたが、クロスプレイになった。

結果は、どうだ。皆がかたずを飲んだ。

主審は……一瞬の間が恐ろしく長く感じられた。やがて両手が横に大きく広げられた。

「セーフ、セーフ！」

延長10回、苦しい苦しいゲームは、ついに日吉台のサヨナラゲームに終わり、スコア1対0で、日吉台高校は夏の選手権大会神奈川県大会の決勝にコマを進めたのである。そして、決勝では春の選抜準優勝・神奈川最強の明王大湘南と対決することになった。ついに、このときがやってきたのだ。

第六章　運命の決勝戦

松波さんは、最後の夏を終えた。決してそこに涙はなく、日に焼けたたくましい笑顔で僕に話しかけてきてくれた。

「負けたが、いい試合が出来た。こんなすごい投手と互角に投げ合えて、本当に良かった。ピッチャー冥利に尽きる。いいか、湯浅君、絶対に甲子園に行けよ。沢村君をリードしてやれ」

「はい、こんないいゲームが出来て、こちらこそ痺れました」

松波さんは英児ともがっちり握手し、手話で「有難う」とメッセージを送ってきた。松波さん、これを覚えられたのか。僕は少なからず驚いた。英児は久しぶりに大きく歯を見せて笑っていた。

このシーンは全国紙に写真で掲載され、翌朝の新聞で大々的に取り上げられることになった。

「息詰まる投手戦の果てに、感動のエール交換」

「松波、敗れて悔いなし、サイレントエースに好ゲームの謝礼」

そういったタイトルで踊った記事は、どれも感動的な内容だった。神奈川県大会の準決勝にふさわしい好ゲームで、好敵手同士が感動的なシーンを披露したのだ。マスメディアが放っておくわけはなかった。

準決勝の翌日には、関内スタジアムで決勝戦が行われる。僕らは合宿所に帰るとまずは休養を最優先にし、細かな作戦指示はもう、なかった。

相手は、ここ数年もの長い間決して敗れることがなかった神奈川の絶対王者である。ここまでの全試合も、余裕の勝利であった。

4番の合田さんは4本塁打に10打点、エースの船木さんは4試合の登板だったが、投げた試合はどれも完璧に抑えていた。チーム打率はここまで脅威の4割超えで、どの打者も気が抜けるようなことはない。二番手投手も、他校であれば絶対的なエースになれるほどの逸材だった。正直、冷静に分析しても勝ち目は薄かった。

しかし、英児一人は入念にマッサージを受けながら、平然としたものだった。あるいは、さすがに虚勢を張っていたのかもしれない。

「確かに明王は強い。だけど、今までだってどんな強い相手にも勝ってきた。負ける気はしない」

恐るべき英児の自信だった。思えばジャイアントキリングを誓ってともに日吉台に進んで、もう2年生の夏になっていた。

「そうだな、僕らに怖いものは何もない。とりあえず、明日は勝とう、勝つつもりでやろう。やるからには勝つつもりでやらないと相手に失礼だ、小林先生もいつもそう言っているわけだしな」

実はこのとき、僕の首には違和感があった。あの鋭いスプリットがワンバウンドした際に、キャッチャーマスクにボールが当たっていた。しかし、こっそりと首をアイシングしてチームの誰にもそれは言わなかった。今さら、英児の全力投球を受ける控え捕手など用意出来るはずもなかった。

周囲の皆さんからは、続々と励ましのメールが届いた。佐藤先輩からも、両親からも、さらには福田記者からも、だ。

「沢村君は今日、延長戦を投げ抜いて明らかに不利だ。明王の船木君は準決勝でも5回で早々と降板している。加えて、合田君はもちろん超高校級だが、クリーンナップは3人ともプロが目をつけている連中ばかりだ。太郎君なら分かっていると思うが、力の出し惜しみをしてどうにかなる相手ではない。沢村君の持っているボールは、全部使っていかないといけないことになる。特に合田君、速球にはめっぽう強い。沢村君に疲れは残っているかもしれないが、全力でいくしかないぞ」

明日の関内スタジアムではスピードガン表示が出る。観衆がどれだけ沸くか、僕にもそれは楽しみだった。

こうして、決戦前の夜は静かに帳をおろしていった。


迎えた全国大会、神奈川県決勝は満員の関内スタジアムで行われた。先攻は春の選抜決勝で惜しくも敗れた準優勝校・明王大湘南で、後攻はノーシードから勝ち上がった神奈川県立日吉台高校。下馬評では、圧倒的に明王大湘南が有利であり、日吉台は、エースで四番の沢村の出来いかんにかかっている、というものだった。

両校のスターティングオーダーが表示されると、歓声が沸き起こった。日吉台にはもはや神奈川県どころか全国にその名がとどろく沢村英児の名があり、明王大湘南にはスター軍団が勢ぞろいしていたからだ。

明王大付属湘南高等学校
1番　遊撃　三上さん　左
2番　左翼　千田さん　左
3番　中堅　横川さん

4番　三塁　合田さん
5番　右翼　園部さん
6番　二塁　南さん
7番　捕手　外木場さん
8番　一塁　甲野さん
9番　投手　船木さん

いずれも雑誌やスポーツ新聞で一度は見たことがあるメンバーであり、特に中軸の合田さん、エースの船木さんはドラフト指名が確実といわれていた。

両校の応援団に加え、熱心な高校野球ファンでスタジアムの席は埋まり、テレビ中継も行われていた。

両校の練習が終わり、いよいよ試合開始のときを迎え、エース、沢村英児がマウンドに上がった。

（さあ、大一番が始まるぞ、行こうぜ、相棒！）

初球から、場内は騒然となった。初球ストレートの速さは時速163キロ。こんな高校生がいるのか、皆がわが目を疑った。100マイルピッチャーがここに姿を現したのだ。続く

2球目は158キロでボール、3球目は160キロのストレートでカウント1ボール2ストライク。決勝戦まで長いイニングを投げている英児に遊び玉などない。決め球は、多く投げてきたサークルチェンジではなく、スローカーブだった。あまりの剛速球に腰が引けていた先頭の岩見さんは、完全にタイミングを失って空振りの三振となった。

(福田記者の言う通り、持ち球は全部使っていくぞ。目先もどんどん変えていかないと、この超強力打線には太刀打ち出来ない)

1回表は三振二つ、内野フライ一つで幕を開けた。

(よし、これで少しでも船木さんが力んでくれたら)

しかし、そうは簡単にいかなかった。甲子園の猛者は、踏んだ場数が違っていた。船木さんの速球は時速150キロ近くを計測し、カットボールが鋭く決まっていた。ツーシームも織り交ぜ、僕らも三者凡退で、正直お手上げ状態だった。

(この実力に加えて、乱れない精神力。これが日本を代表する高校生なのか)

2回、合田雄介という超高校級バッターが右打席に姿を見せた。甲子園でも、選抜では3本塁打を放つ活躍で、三塁守備も素晴らしいと評価されていた。どのコースでも広角にヒットを打つことが出来、日本プロ野球の複数球団が獲得を狙っている、とされている。構えた姿に雰囲気があり、出来る男のオーラを身にまとっていた。

英児は、初球から160キロ超えを連発、しかしこれをファウルしてくる合田さん。2人の対決に、野球ファンは大声援を送っていたが、キャッチャーから見れば、たまったものではなかった。

（このコースに決まったベストのストレートを初打席から当ててくるなんて、尋常なバッターじゃない）

なんとか高めのボールに手を出して外野フライに倒れてくれたが、かなり後ろに下がっていた左翼の玉川さんがさらに数歩下がっての捕球だった。いや、噂以上の強打者だ。これはプロがほしがるわけだ、と思った。

小林先生も、いつになく厳しい表情だった。

「湯浅、この試合、準決勝以上に厳しい投手戦になるぞ。沢村を頼む。援護が難しい中で、気持ちを切らさないようにな」

「はい」

その予想はぴたりと当たり、どちらのチームも得点はおろか、ランナーすらほとんど出せない展開になった。英児は持って生まれた精神力の強さを発揮し、ほとんど失投らしい失投はしなかった。それでもここまでチーム打率4割超えの超強力打線に何度か鋭い当たりを浴びたものの、ことごとくが野手の正面をついて、難を免れた。

「野球というものは、ストライクをきちんと投げていれば守備がいるところに打球が飛ぶものだ」

小林先生はそう教えてくれたが、僕の指示や各自の判断で、勝負ごとに守備位置を変えていたのも功を奏していた。日吉台とて、伊達にここまで勝ち上がってきたわけではない。圧倒的不利な評価を受けて、燃えない選手などいようはずはなかった。バックの強力なアシストによって、優勝候補筆頭の明王大のスコアボードには、なかなかヒットを現す「H」が点灯しなかった。しかしそれは日吉台とて同じことで、まともに船木さんのキレのあるボールを捕らえることは出来なかった。

先にランナーを出したのは日吉台の方だった。4番の英児が二打席目にライト前にヒットを放ち、塁に出たのだ。二回り目の5回裏だった。しかし、僕の送りバントで二塁に進んだものの、それ以上はどうにもならなかった。結局は息詰まる展開のまま、試合は回を重ねた。するとどうだろう。明王サイドにヒットが出ない、フォアボールは出たもののノーヒットの状態が続いていることに、観衆も気が付き始めた。こんなことが起こりうるとは。しかしながら日吉台もわずか1安打で得点の目はなく、試合は大詰めの9回を迎えたのだった。

先攻の明王大湘南は2番からの好打順で、先方の応援団の声援もひときわ大きくなった。このときの英児は、さすがに疲れを隠すことは出来なかった。準決勝でもあの松波さんを相手に死闘を演じ、延長まで戦った。この試合でも、全国クラスの強打者を相手に、いかにバックの好守があろうと全力投球を続けてきたのだ、無理はなかった。そして英児は、3ボール1ストライクから、簡単に2番の千田さんを歩かせてしまった。そしてセオリー通りの送りバントでランナーは二塁に進んだ。ここで、やはりプロ注目の3番横川さんを迎えた。なんと、ここで明王大湘南ベンチはまたも送りバントを決めてきた。完全に意表をつかれて対応出来なかった。まさか、好打者の横川さんにバントを命じるとは。しかし、状況は厳しいものだ。いかにツーアウトとはいえランナー三塁で天下の合田さんを迎えるのだ。塁を埋めようにも、5番の園部さんや6番の南さんも、すごい強打者だった。第一、敬遠をして英児の気持ちが切れることは防ぎたい。僕はタイムを要求して、マウンド上に皆に集まってもらった。

原主将は言った。

「勝負しよう。ここまで俺たちが来られたのは間違いなく沢村のおかげだ。沢村が打たれるようなら、それは仕方ない」

「そうだ、沢村、思い切り勝負しろ。どんな打球が来ても、俺らが守ってやる」

北上さんも伝令でやってきた。

「小林先生は、悔いないよう思い切り勝負しろ、だってさ」

これで合田さんとの勝負が決まった。

初球はストレート、156キロを計測していたが、鋭い当たりが三塁線を襲って危うくツーベースコースになるところだった。切れて良かった。

(なんというバッターだ。少しでもコースを間違えたら、やられる)

続く2球目はカーブが外れてカウント1－1。3球目には、やはり速球を持ってきたが、タイミングは合っていた。鋭いファウルがバックネットに突き刺さった。

（まずい、もう英児のストレートはストライクゾーンでは通用しない。さすがに疲れが出ている）

僕は迷った。合田さんに見せていない、あるいは見られていないボールはないか。あった。それは僕が後逸を繰り返したために大会では使用を控えてきた高速スライダー、英児一番の変化球だった。

（しかし、僕に捕れるのか、あのスライダーが）

迷っていると、審判からプレイ続行の指示が下った。もう、考えている余裕はない。英児にそのサインを出すと、意外にもすんなりとうなずいた。

（これは、なんとしても捕らなければ）

運命のボールが投じられた。変化は鋭く、ボールゾーンからストライクゾーンへ。しかしその瞬間だった。

昨日痛めた首のせいで、ボールを追いきれず、合田さんは空振りしたが、僕はそのボールを後逸した。

（しまった、こんなところで）

合田さんは振り逃げで一塁へ走り、三塁ランナーがホームへ生還した。僕はボールを必死で追ったが、いずれも間に合わなかった。なんということだ。英児はノーヒットで1点を奪われたのだ、しかも9回表の大事な場面で。僕は英児の顔を見ることが出来なかった。すると、英児が近づいてきた。僕の肩を叩き、大きく歯を見せて笑ったのだ。

「すまない、英児。僕のせいで」

僕は必死で語りかけたが、英児は何も言わなかった。ただうなずいて、マウンドへ戻っていった。そう、試合はまだ続いていたのだ。英児は続く園部さんを打ち取ったが、冴え渡る船木さんの投球の前に、9回裏の日吉台は沈黙し、1対0で敗れた。サイレントエースは、神奈川の絶対王者・明王大湘南を無安打に抑えながら、決勝戦で姿を消したのだ。

第七章　それから

3年生が引退し、合宿も解散となった。僕は正直、英児とまともに顔を合わせることが出来なかった。3年生にも、申し訳なくて仕方なかった。誰一人僕を責めないことが、余計につらい気持ちに僕をさせていた。

英児は、U18候補の代表メンバーに選出され、U15のときとは異なり、すんなりそれを受け入れた。神奈川からは、夏の甲子園で結局優勝を逸してまたも準優勝となった明王大湘南のメンバーに加え、松波さんも候補に挙がり、全員が東京で行われる合宿へと旅立っていった。英児とは、その後しばらく連絡を絶っていた。とうてい、こちらから何か言えるような心境にはなれなかったからだ。

報道で知ったが、英児は無事に代表入りを果たし、アメリカはロサンゼルスで行われるU18世界大会のメンバーとして渡米した。全国の猛者に交じって、2年生からの代表入りはわずかに2名。中でも精神力と球速を評価された英児は、クローザーを務めた。また、連投出来ない試合では代打としても起用され、投打に存在感を示した。結局、最強の米国代表に遅れはとったものの、日本代表は見事に準優勝と、過去最高レベルの成績を残したのである。だが、ある報道が気にかかった。夕方のニュースで帰国した日本代表メンバーの姿が繰り返し流れ、インタビューなども複数放送されたが、そのどこにも英児の姿がなかったのである。これはいったいどういうことだろうか。僕はとまどった。まさか、あの決勝戦での敗退が尾を引いてはいないだろうか。

僕は真紀さんに連絡を取ったが、「心配はないわ、大丈夫」という返事が返ってくるばかりだった。何かを知っていることは明らかだったが、英児が口止めをしていたのだろう。ただ、英児が真紀さんに何かを打ち明け、真紀さんが福田記者にも相談したことはいかに僕であろうと勘づいた。きっと何かある。アメリカに何かあるのだ。ただ、英児の足を二度と引っ張りたくない僕は、真紀さんに問い詰めることは避けた。

しかし、その答えはすぐに出た。まもなく封書が我が家に届けられたのである。差出人は英児だった。あとで知ったが、いろいろと落ち着いたら僕宛てに郵送するよう、渉さんに頼んで託していたのだった。その中身は長いものだったが、ここに抜粋する。

太郎、ここまで俺に付き合ってくれて本当に有難う。聾学校で誰にも受けてもらえなかった俺のボールを、太郎が捕ってくれた。おかげで、思い切り野球が出来た。お前が何度も何度もけがをしていたことも、申し訳なく思っている。あの準決勝でも、体でもってスプリットを止めてくれたな。あのときどこか痛めていたのは、分かっていた。だから決勝戦のことは気にしないでくれ。お前のことだから、きっと自分を責めているだろう。
　俺は花笑姉さんを頼って、アメリカの学校に編入する手続きをしていた。向こうでは9月が新学期だから、U18の試合でアメリカに行くのが、ちょうどいいタイミングだった。アメリカの学校で、メジャーのドラフトにかかるのを待つ。もしかからなくても、テストを受けてでもメジャーに入るまでだ。本当は、お前とずっとバッテリーを組んでいたい気持ちもあるが、これは子供の頃からの夢なんだ。日本で見ていてくれ。きっと、いつかワールドシリーズで優勝して、サイ・ヤング賞をとってみせる。俺たちは、ずっと親友だ。

　英児らしい達筆で書かれた肉筆の手紙を読みながら、僕は涙が止まらなかった。一緒に甲子園に行けなかった。本当は、僕もずっとバッテリーを組んでいたかった。あのとき後逸さえしなければ、こんなことにはならなかった。僕はずっと泣いていて、その晩、結局は一睡も出来なかった。

英児が退学した日吉台で僕は主将に就任したが、残念ながら甲子園出場はかなわない夢に終わった。首の故障も完治はなかなかせず、捕手としての出場機会を減らしていた僕は、得意の打撃にも精彩を欠き、残念ながら主将としての役割を果たしたとはいえなかった。こうして僕は部活を引退し、受験勉強一本に生活を傾けていった。

結果。僕は第一志望だったM大学に合格することが出来た。さっそく野球部に入部し、再会を誓った池永雄太とともにM大学野球部員となることが出来た。3年生でどうにかベンチ入りを果たすと、4年の春にはレギュラーに定着、チームのエースとなった池永とバッテリーを組むことも出来た。そして春には果たせなかった六大学野球優勝の夢を、秋の最後のシーズンに果たした。長年の夢がようやくかなった。池永裕次郎さんの夢を、彼の甥である池永雄太とともに果たしたのである。

しかし、僕の野球はここまでだった。古傷の首を再び痛めた僕は、大学選手権への出場を辞退し、事実上引退した。プロ志望届も出さなかった。首だけではなく、長年沢村英児の剛球を受けてきた小柄な体は、もう限界だったのである。

ときを同じくして、高校卒業時にドラフト全体6巡目でメジャー球団、ロサンゼルス・ホワイトファングに指名された英児が、いよいよ3Aでの実績を引っ下げてメジャーに昇格したとの情報が福田記者からもたらされた。

（良かったな、英児。僕はここまでだ。あとは、任せたぞ）

エピローグ

僕は大学4年で野球を辞め、一般企業に就職した。そこで働きながら休みに通った調理師学校で、調理師免許を取得した。そして30歳、僕は思い切って脱サラし、居酒屋で修業を始めた。2年後、武蔵小杉の居酒屋だった物件を居抜きで借りて創作料理の店を開店した。何年もかけて口説いてようやく結婚までこぎつけた今は湯浅ゆかりも、栄養士の仕事の合間に店を手伝ってくれている。管理栄養士として彼女が考案してくれるヘルシーメニューも、今は店の売りである。

店には、野球ファンがよく顔を出してくれる。あのメジャーリーガーのサイレントエースが帰国するたびに立ち寄る店として、口コミで評判が広まったのだ。壁には英児のサイン、ユニフォーム、チームメイトを日本に連れてきたときに一緒に撮影した記念写真までがところ狭しと張ってある。彼の隣には、いつも真紀さんの笑顔があった。大学を卒業して彼女なりに苦労して渡米し、英児の元に転がり込んだのである。ロサンゼルスでは英児は有名人になっていたから、彼女もファンの間では知られた存在になっていったと聞く。うちの店にとってはまさに英児と真紀さんさまさまだったが、料理の腕には自信があった。僕の料理目当てで通ってくれる常連も今は増えた。その中には、青果店の跡を継いだ坂本や、中島や松井といった昔の仲間も加わってくれていた。あの日、切ない別れをした5名中4名がまた、顔をそろえたのである。いつか草野球チームを結成するという約束も交わされた、お互い、なまった体を鍛え直さないといけないことになった。

そして、店にはとっておきの展示品が出来た。なんと、ロサンゼルス・ホワイトファング時代に英児が勝ち取ったチャンピオンリングである。彼は、無造作にそれを送り付けてきた。同封された手紙には、

「次はサイヤング賞だ」

と書いてあり、今は移籍先のNYタイタンズでエースの座をかけて争っている、ということが添えられていた。

今日も店の仕込みをしながら、僕は英児の試合を衛星放送で見続けている。いい年になって酒場の主になって、地元の少年野球チームのコーチを引き受けた僕にとって、英児は最高の誇りだった。

（サイレントエースは、僕にとって絶対にいつまでもエースだ）

有難う、沢村英児。

了

〈著者紹介〉
湯澤明彦（ゆざわ あきひこ）
東京都生まれ、現在千葉県に在住し、都内の一般企業にて勤務。趣味は絵画やクラシック音楽鑑賞など。スポーツは好きな競技を中心にテレビで観戦することが多い。

サイレントエース

2023年9月29日　第1刷発行

著　者　　湯澤明彦
発行人　　久保田貴幸

発行元　　株式会社 幻冬舎メディアコンサルティング
〒151-0051　東京都渋谷区千駄ヶ谷4-9-7
電話　03-5411-6440（編集）

発売元　　株式会社 幻冬舎
〒151-0051　東京都渋谷区千駄ヶ谷4-9-7
電話　03-5411-6222（営業）

印刷・製本　中央精版印刷株式会社
装　丁　　弓田和則

検印廃止

Printed in Japan
ISBN 978-4-344-94518-0 C0093
幻冬舎メディアコンサルティングＨＰ
https://www.gentosha-mc.com/